AF282907

Sobre los inicios del Partido Racista Americano

Xavier Villarreal

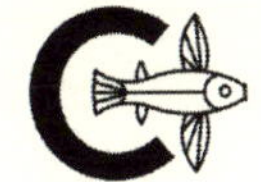

Sobre los inicios del Partido Racista Americano

Primera edición: 2024

ISBN: 9788410334083
ISBN eBook: 9788410334540

© del texto:
   Xavier Villarreal

© del diseño de esta edición:
   Caligrama, 2024
   www.caligramaeditorial.com
   info@caligramaeditorial.com

Impreso en España – Printed in Spain

«*This is for* los latinos en camino
para los Estados Unidos».

PITBULL

1

Hole in the wall. Así llaman los norteamericanos a los bares de mala muerte y bajo presupuesto que ofrecen, sin mayor pretensión, lo básico: cerveza, licores y, con suerte, algo de comer. No hubiese entrado al Bar Phi de no estar situado frente a una de las universidades más prestigiosas de los Estados Unidos y donde en pocas semanas comenzaría una Maestría en Relaciones Internacionales. Llegó al *Midwest* americano, pero halando hacia el noreste, en medio del verano, a la ciudad de Pittsburgh, la metrópolis a medio camino entre el Rust Belt manufacturero y el progreso de la costa. Su objetivo era encontrar un apartamento. Le agradaron el aire caliente y los largos días que terminaban con noches cargadas de humedad, muy diferentes a las de Ciudad de México, de donde era originario. Por otro lado, sudaba tanto en el dormitorio universitario en el que se hospedaba temporalmente que se le hacía insoportable, obligándolo a escapar a la calle y a dar prolongados paseos por el campus. Cuando ve el Bar Phi, le parece que una cerveza se sentiría como caída del cielo. La fachada es simple, un muro de ladrillos rojos con una pequeña puerta verde y arriba, en letras de neón rojas, el nombre del sitio. A pesar de la pinta de antro, de seguro estaría lleno de estudiantes y no podría ser tan malo.

El lugar está a medio llenar; después de todo, cuántas personas querrían un trago un miércoles de agosto cerca de una universidad donde no hay más nada en sus alrededores. El bar está más iluminado de lo que hubiese esperado, algunos clientes se voltean al verlo pasar y después regresan rápidamente a sus conversaciones y tragos. Aunque no es de los que se fijan en esas cosas, nota que casi todos son blancos, quizás es él el más oscuro en el sitio, lo que le llama la atención. Se siente más a gusto cuando se da cuenta de que al fondo del bar, en una especie de plano superior luego de unos pocos escalones, hay una mesa llena de indios, todos hombres y jóvenes, estudiantes de seguro. Ingeniería, a lo mejor. Se ríe de su tonto prejuicio. Opta por sentarse en el bar y pide una cerveza. El barista le pregunta de qué clase, «una local», responde. Le da una botella verde que nunca ha visto, es una Yuenling: trata de pronunciar el nombre, pero el barman lo corrige diciendo algo así como *yinlin*. Le da las gracias y se toma el primer trago de cerveza, que le sabe a gloria, una gloria más amarga y menos fría que a la que está acostumbrado, pero que trae goce al fin. Cerca de la puerta principal hay una rocola moderna que los presentes usan para poner canciones de moda, con una preferencia clara por el *rock*. A él le gusta el *rock* clásico y una que otra canción nueva que sale, pero no conoce ninguna de las canciones que colocan. El ritmo es particular. Se pregunta si es algún tipo de *rock* local más parecido a la música *country*. Pide una segunda cerveza, que el barista le da sin decir palabra alguna. La bebe en silencio, no la disfruta tanto, es como si fuese más amarga, y tiene que hacer un esfuerzo para terminarla. Sale y se regresa a su horno de dormitorio, se acuesta en la cama aún con la ropa puesta. Está sudando y tiene hasta el cuello de la franela mojado. La cerveza no le quitó el calor, aunque al menos incrementó su cansancio, y con el pesor de los párpados *in crescendo*, se queda dormido sin más tardar.

Una semana más tarde empiezan las clases. Deja el dormitorio escolar donde pasó los primeros días y consigue una habitación en una casa compartida con un americano de origen pakistaní, que es además el propietario. El tipo resulta ser de lo más sociable y es además un éxito con las mujeres, parecía pasar cada noche con una diferente. El otro compañero de casa es judío (lo sabe porque se lo dijo al presentarse), es de esos tipos que intentan ser simpáticos a juro y que trata de tener la misma suerte como mujeriego que Sachal, pero sin lograrlo. Sachal y Eric. Se lleva bien con ambos, su personalidad calmada y reservada sirve de amortiguador entre los dos *roommates* con personalidades y egos avasallantes y, por ende, destinados a chocar de vez en cuando. Para mantenerse en esa posición toma la decisión consciente de mantener cierta distancia y de nunca hacerles preguntas personales, particularmente sobre asuntos de religión, familiares, ni acerca de sus posiciones políticas, o la falta de ellas.

El ritmo académico se aceleró sin que pudieran él o sus compañeros de clase notarlo. La carga era fuerte, pero estaba lo suficientemente dedicado a sus estudios para que no fuese un peso, sino más bien parte de su misión principal. De todas formas, les agradeció a Dios y a los santos cuando se dio cuenta de que había actividades sociales por doquier organizadas por grupos de estudiantes, por grupitos de amigos ya existentes y, para su sorpresa, incluso por la universidad misma, que promocionaba todo tipo de eventos sociales, con *pizza* y cerveza incluidas, para fomentar intercambios entre los estudiantes. Le pareció una especie de *drunken institutionally-forced network-making*. Le gustaba el ambiente, le daba la oportunidad de tener un equilibrio casi perfecto entre los estudios y algo que le hiciese olvidarlos por completo unas horas después de clases. Diariamente había alguna actividad social en la cual participar, tenía hasta que escoger los días en los que no saldría para así poder descansar y recargarse.

En un ambiente tal, no tardó mucho tiempo en notar que en los Estados Unidos cada uno pasa la mayor parte de su tiempo dentro de su propio grupo cultural, o en el más próximo. Aunque tenía la intención de socializar con todos (estudiantes internacionales y locales), e incluso lo intentaba periódicamente, con rapidez se dio cuenta de que grupos de orígenes similares tendían a encontrarse y verse entre sí con más frecuencia.

No se trataba de los americanos y el resto, como lo pensó en un principio, sino más bien de una separación más sutil con varios subgrupos. Los americanos blancos con otros americanos blancos, los negros con los negros y los estudiantes internacionales dentro de subgrupitos de asiáticos chinos, japoneses o coreanos; los europeos mezclados entre sí, y su grupo, el de los latinos. Resultaba obvio que todos interactuaban entre sí, pero en lo más íntimo, equipos de estudio, de ir al cine, de armar una escuadra de fútbol, todos iban por sus subgrupillos naturales. Dentro de su entorno hispanoparlante había, además de mexicanos, colombianos, venezolanos, ecuatorianos, argentinos, dominicanos, puertorriqueños y uno que otro español coleado, sintiéndose más a gusto con ellos que con el montón europeo. Los más numerosos eran sin duda los mexicanos, halados de todos sitios, chilangos, regios y tapatíos. Había además algunos atípicos que se mezclaban entre ellos, como los hijos de mexicanos nacidos en Estados Unidos que gravitaban del grupo de los americanos al de los latinos, dependiendo de su nivel de español. Algo similar sucedía con estudiantes de segunda generación de otros orígenes, como los hijos de filipinos que solo hablan inglés, también encontrándose en una suerte de limbo cultural. Su grupo de amigos, evidentemente, se fue formando alrededor de los latinos y, de forma más estrecha, con el grupito de mexicanos: Chuy, Luis, Ana, Memo, Emilio y Alejandra.

Ana, ay, Ana. Venía del D. F. y estudiaba algo relacionado con la informática y que él nunca entendió muy bien qué era. Probablemente era la mayor del grupo, quizás unos cuatro o cinco años por encima de la media. Era también altísima, más alta que él, a lo mejor de un metro ochenta, de una palidez marcada con pecas y el cabello negro rizado, largo y abundante. De ojos marrones grandes parecía siempre estar sonriendo. De más está afirmar que era bella, y además muy coqueta, del tipo de mujeres que saben que encantan a los hombres. Su presupuesto era también más grande que el de los demás. De todas formas, no se necesitaba mucho para tener más que la mísera mensualidad de la gran parte de los otros estudiantes, al menos los latinos. Vivía en un conjunto residencial de esos que se supone son de lujo y tienen un portero y una redoma para autos enfrente de la entrada, como un hotel. Allí vivía en un apartamento de dos pisos para ella sola. Por las fotos que exhibía, todos suponían que tenía novio, y más de alguno aseguraba que estaba casada. Se lo habían oído decir, o algo así, pero en realidad nadie había visto al susodicho en persona y tampoco nadie le preguntó. Evidentemente, habría de divorciarse, o separarse de no estar casada, durante el transcurso del máster en curso. En alguna fiesta mexicana en su casa, donde se encontraban reunidos sin razón particular para celebrar, se le ocurrió hasta intentar flirtear con ella a ver cómo respondía, pero Ana le sacaba el cuerpo abiertamente y mala cara le ponía a veces al él tomar la palabra. «Mejor así —pensó—, no hiciste todo el camino hasta los Estados Unidos para caer por una mexicana», se dijo alentándose. Su instinto pareció más acertado cuando Chuy, que era de Monterrey, se le acercó amigablemente para advertirle de que ni lo intentara, que más de una vez había hablado mal de él y que incluso le había dado el apelativo de indiecito. Se sorprendió de que Chuy, que era bastante blanco, entrase en tantos detalles. «Qué fastidio tener que estar pensando en estas pendejadas a esta altura», se rio Chuy del asunto quitándole importancia. Y en efecto, aparte de él, Chuy y el resto de los mexicanos, aunque de seguro eran mestizos, eran mexicanos blancos. Se sintió incómodo, pero no quiso perderse la velada por estar filosofando sobre estos temas. «Eso no tiene solución —le dijo a Chuy—. Basta, dejemos de hablar tonterías y vamos a beber qué hacemos».

Durante la velada conoció a Ritchie, un puertorriqueño, ya estas alturas del partido precisemos que era negro, que le buscó conversación. Le llamó la atención que hablaba español, pues pensaba que era americano. Al ver su sorpresa, Ritchie le aclaró bromeando:

—Nací en Nueva York, pero no me digas gringo. Mis abuelos paternos son de Haití, mi papá es de Nueva Jersey y mi mamá de Ponce, en la isla del encanto. Para completar, soy marico, así que heme aquí, un espécimen bien raro, eso sí, divertido.

Se le ocurrió que no tenía amigos homosexuales, lo cual le resultó imposible, por lo que terminó preguntándose quién detrás de sus amigos o conocidos estaba aún enclosetado. Tuvo curiosidad de saber por qué Ritchie empezaba el diálogo con tales temas, pero lo ignoró y trató de seguir la conversación con naturalidad.

—Bueno —dijo—, yo soy mexicano. —No se pudo resistir y, tras una corta pausa, agregó—: Y los mismos mexicanos me tienen fobia, así que ya te puedes imaginar. —Lo acotó más a modo de broma que de manera seria, pero Ritchie, con las mismas ganas del inicio, tomó súbitamente el hilo de la plática por ese lado.

—No sé mucho de México, aparte de ciertas generalidades sobre Latinoamérica, las grandes diferencias entre ricos y pobres y el hecho de que los ricos son los blancos. Y aquí, como ya lo habrás visto, todos están obsesionados con la raza, por razones obvias, por supuesto. Figúrate tú, algunos nacionalistas blancos, fundamentalistas, se han hasta inventado la teoría del gran remplazo. Según esta, existe una conspiración entre negros, latinos, musulmanes, quien sea que sea marrón, para reemplazarlos y desplazar a los blancos del puesto que se merecen en la sociedad por el simple hecho de haber tomado primero algunos espacios como élites. Es una cosa de locos, te digo. Y lo peor es que su teoría incluye en la conspiración varias «estrategias», entre comillas, que incluyen la inmigración, la homosexualidad y el aborto, para acabar con el dominio blanco de Occidente. De ser cierto, pues me declaro culpable, porque mi familia es importada y las mujeres no me gustan, aunque desde el punto de vista de ellos, lo mejor es que no me reproduzca. Imagino que el problema está en que si enamoro a un *american boy* blanco lo saco además del mercado reproductivo. Sinceramente, no me entra en la cabeza cómo en pleno siglo xxi la gente puede creer estas cosas, y no solo creerlas, sino también votarlas.

No estaba seguro de dónde había salido todo ese discurso sin siquiera conocer a Ritchie. Sus comentarios iniciales habían sido más bien como una reflexión de paso sobre la cual no esperaba mayor reacción. Resultaba obvio que se trataba de un tema sobre el que el puertorriqueño tenía ya bastante tiempo pensando. Tal vez con el interés de compartir sus ideas con quien estuviese dispuesto a escucharlas.

—A lo mejor no es una mala idea —dijo finalmente. Ritchie no supo si hablaba en serio y, por ende, cómo responderle.

—No me has dicho cómo te llamas —preguntó.

—Joaquín —le respondió—. A lo que me refiero es que quizás no es tan mala idea remplazar a toda la sociedad. En estos días veía en YouTube el vídeo de un comediante de origen indio que decía que el futuro del mundo es marrón, porque somos la mayoría *and we are going to hump you all* en algún momento. —Ritchie se quedó otra vez sin palabra por algunos segundos, para luego soltar una carcajada.

—Sí —dijo—, parece un gran chiste —agregó el boricua—. Ni se dan cuenta de lo ridículo que suena todo. Primero que nada, qué pureza quieren mantener, los mismos europeos están mezclados entre ellos y, además, con árabes y turcos. Me gustaría que alguien me explicase, con bases científicas, cómo es posible que luego de una generación, o dos, una minoría del diez o veinte por ciento va a lograr remplazar a una mayoría blanca ¡que ya es mixta! Y también que alguien me explique cómo en esa minoría, que no es homogénea, millones de personas, también todos mezclados entre ellos, van a ponerse de acuerdo para remplazar al hombre blanco.

Ritchie parecía tener ganas de seguir su discurso, estaba inspirado y era evidente en cómo se expresaba la pasión que sentía por el asunto. Joaquín quería seguirle la corriente, pero después de un rato no sabía ya qué más agregar; se sintió aliviado cuando su conversación fue interrumpida por dos jóvenes, uno con más pinta de estudiante que el otro, que se acercaron a Ritchie y lo saludaron con afecto, dándole la mano y medio abrazo. Hablaban en inglés entre sí. Joaquín se introdujo, cambiándoles al español, pero los otros dos chicos le respondieron nuevamente en inglés. El que no tenía pinta de estudiante le dice sonriendo que no están acostumbrados a hablar español. Lo afirma con un fuerte acento gringo, con un esfuerzo marcado para tratar de sonar bien ante un hablante nativo.

—Yo hablo español porque mis padres lo hablaban en casa, yo no lo usaba tanto cuando era chico, pero terminé por comprender su importancia. Me llamo Juan, mucho gusto.

El otro, que sí parecía estudiante, comenta que él no habla español y pide por favor pasar al inglés, lo cual no es un inconveniente para nadie.

—Soy Louis —dice, enfatizando que pronuncia el nombre en inglés, «Luuis».

A Joaquín le resulta curioso y le pide que aclare si es Luis o «Luuis», a lo que Louis le responde con seriedad repitiendo su nombre tal como lo pronunció la primera vez. Luego le pregunta, sin segundas intenciones, cómo es que no habla español si sus papás son latinos e inmigrantes, lo cual asumió sin que nadie se lo dijera. Louis parece ofuscado por la pregunta, como si le molestase el tema y no quisiera hablar al respecto, casi ofendido.

—Mis padres no querían que tuviese un acento —explica—, por eso me hablaban siempre en inglés y en la casa nunca se usaba el español, quizás de vez en cuando, cuando venían familiares de visita.

—Interesante —responde Joaquín, decide mantener el argumento de la plática—. Sí, sí, interesante. ¿En realidad funciona así? Conozco a varios latinos que hablan perfectamente inglés y español, Ritchie aquí es un ejemplo. —Mientras pronuncia estas palabras, aunque lo hace de nuevo sin ninguna agenda de por medio, nota que lo que dice puede caer pesado y hasta se arrepiente de haberlo dicho, pero ya es muy tarde.

Louis no le responde, luce ahora de mal humor, aunque no replica no tanto por estar molesto, sino por no tener una respuesta que formular. Joaquín, dándose cuenta de su metida de pata, decide entonces cambiar la conversación.

—¿Y con la música cómo hacen? ¿Qué tipo de música escuchan? Yo acá veo que lo que predomina es el hiphop y el rap, ¿a ustedes también les gusta? Imagino que la balada pop latinoamericana no llega realmente al mercado local.

Ninguno de los otros tres, Ritchie, Juan y Louis, saben a qué hace referencia y ahora son ellos quienes cambian el tema y empiezan a hablar sobre el último disco de un rapero afroamericano del cual Joaquín no entendió ni el nombre. Ahora es él quien no sabe de qué hablan.

Luego de unos minutos conversando de rap, se quedan los cuatro en silencio. Louis, el amigo de Ritchie con pinta de estudiante y que no habla español, con la excusa de ir a por una cerveza, aprovecha la ocasión para escapar. Por cortesía les ofrece a los demás una bebida, pero se le ve tan incómodo y resultan tan obvias sus ganas de huir que ninguno de los tres acepta, aunque quieren seguir bebiendo. Joaquín, Ritchie y Juan permanecen callados por varios incómodos segundos. Para romper el hielo, Ritchie comenta que Joaquín es un proponente de la teoría de sustitución de razas. Juan casi se atraganta y escupe un buen sorbo de su trago. Suelta una carcajada y, con evidente esfuerzo para sonar mexicano, dice:

—Pues mírenlo a él, tan chiquito y tranquilito que se ve y se quiere comer al mundo. Yo no creo en estas cuestiones de sustitución de razas, lo que sí está claro es que las minorías en este país, en el mundo, están oprimidas por el hombre blanco.

Mientras habla, Joaquín lo ve de arriba abajo, detallándolo. Es flaco y alto, altísimo. Quizás unos diez centímetros más que él, completamente calvo y vestido con unos anchos pantalones modelo cargo que parecían ser sacados de los años noventa. Por un momento se arrepiente de haber tocado este tema. No sabe si está de acuerdo con lo que Juan acababa de afirmar categóricamente, pero prefiere no decir nada. Al menos nada sobre cualquier cosa que tuviese que ver con razas o con algún tipo de imposición. Se abre otro silencio incómodo. La cuestión es que lo han llevado hasta acá, así que no le queda otra cosa sino reflexionar con respecto a la supuesta supremacía del hombre blanco, concluyendo sin tardar mucho que no era tal. No logra contenerse y así se lo dice a Juan, agregando que lo bueno de los Estados Unidos era que, fueses quien fueses, podías siempre lograr lo que quieres si te pones a ello y trabajas duro.

—El sueño americano —sentencia, más en broma que en serio.

—¿El sueño americano? —espeta Juan burlonamente—. Quien sea que te ha hablado de eso es tu enemigo. El sueño americano es una aspiración inexistente, un reflejo invertido de la realidad de las personas. Aquí no hay libertad, aquí lo que hay es mercado, la libertad de comprarte lo que quieras cuando quieras, incluso sin que lo necesites. Son necesidades falsas inventadas por el capital. Quizás no haya que sustituir las razas, pero lo que sí hay que cambiar es el sistema, eliminar el problema de raíz, lanzar una revolución, distribuir mejor las tierras y riquezas. Mira a Venezuela, por ejemplo, es una esperanza para Latinoamérica, por fin un país que se hace respetar ante el imperialismo yanqui. Es un proceso muy bonito, cómo me gustaría vivirlo, vivir allí.

Ritchie sonríe, más satisfecho por el hecho de que estaban hablando sobre este tema que por los puntos que presenta Juan. Joaquín lo escucha con atención y, al mismo tiempo, se le vienen a la cabeza todos los argumentos que puede usar en contra. Se da cuenta de que ahora es su rostro el que aparenta un desagrado.

—¿De qué hablas? —le pregunta a Juan—. Cómo se ve que en realidad no has visto la miseria. Es muy fácil enamorarse de las malas ideas latinoamericanas desde la comodidad urbana de los Estados Unidos. Con todo respeto, no tienes idea de lo que dices. Estos regímenes de izquierda quieren glorificar la pobreza y la desgracia para ganar elecciones. Y la gente pobre lo que quiere es tener plata en su bolsillo, tener las oportunidades que se tienen aquí.

Ante el inesperado ataque directo, el humor de Juan parece también deteriorarse. Sin perder su sonrisa burlona, le responde casi gritando:

—¿Esto? —Se toma con las manos la camisa en un gesto que Joaquín no entiende—. ¿La gente quiere esto? Esto no es felicidad, esto es un mercado en el que las masas se contentan de comprar y gastar todo su salario en cosas que no necesitan.

Ya con los últimos vestigios de su paciencia, Joaquín dice, en cierta manera, a modo de desafío:

—Pero si tanto te gusta la miseria, ¿por qué no te mudas para México en vez de estar aquí obteniendo una educación de élites?

Viendo que los ánimos se calientan y para que no vayan más allá de una conversación, Ritchie les pide que se calmen, que son del mismo bando.

—Parte del problema de la raza —agrega— son estas peleas inútiles, cuando lo que conviene es estar unidos.

Joaquín les sonríe a los dos.

—Tienes razón —dice—, esta discusión no tiene ni pies ni cabeza, no nos va a llevar a ningún sitio y no vamos a lograr nada. Así que, para proseguir con la fiesta, voy por una chela. —Deja a Juan y Ritchie atrás, usando la misma técnica que hace unos minutos había usado Louis, «Luuis».

A eso de la una de la mañana, aunque temprano para los estándares mexicanos, la mayoría de los invitados empieza a irse. Media hora después queda únicamente un grupo reducido de mexicanos bebiendo tequila. A las dos de la madrugada, con varias botellas ya tocando fondo, quedan solo Ana, Chuy y Joaquín. Y sin proponérselo, un ratico después, Joaquín queda a solas con Ana en su apartamento. De más está decir que ya a esta altura los dos están más que pasados de tragos. Ana saca una botella de tequila reposado que tiene guardada en un pequeño escaparate en el bar de su apartamento. Joaquín no reconoce la marca del licor, pero le parece que es de las caras, de esas que su guardan para ocasiones especiales. Se sientan en dos bancos altos y beben tequila tras tequila hasta que se les enreda la lengua y se tambalean al alzarse. Todo lo arisca que podía ser Ana con él desaparece por completo en las últimas horas. Los dos se divierten como grandes amigos, hablando de todo y de nada en particular. Ya ha perdido la cuenta de cuántos tragos lleva. Decide pararse para marcharse. Es un impulso y está por largarse incluso sin despedirse. La cabeza le da vueltas, no puede fijar la vista. El tiempo no le parece lineal, se le transforma en pequeñísimos momentos que experimenta en cámara lenta. «Me voy», sentencia. Ana se alza también, se agarra rápidamente del bar para no perder el equilibrio.

—Joaco, Joaco —le dice entre sonrisas—, no te puedes ir sin que te dé el *tour* de la casa.

—Pues claro —responde él de inmediato, ya más al tanto de otras intenciones o en lo que se pueden convertir.

Ana empieza a describirle todos los objetos más grandes de su departamento y, tras unos minutos que a Joaquín se le hacen eternos, o muy cortos, por fin le indica que arriba está el cuarto. Suben por una estrecha escalera en espiral y al salir de esta ya se encuentran dentro de la habitación. Es un espacio abierto tipo *loft*, con una cama en el medio que a Joaquín le resulta gigante. Piensa en su triste colchón individual y en el piso, en la casa de Sachal. «Aquí es donde pasan cosas mágicas», le bromea Ana con una mirada y sonrisa pícaras. Se le pasan casi de inmediato los efectos del alcohol, ahora se siente más lúcido que nunca. Es hermosa Ana, una realidad objetiva. Le encanta su frondosa cabellera de rizos largos y negros.

—Ay, gitana —susurra en voz baja.

—¿Cómo? ¿Qué dijiste? —pregunta ella.

—Nada, nada. Está muy bonito el cuarto, muy espacioso.

—Ah, y mira —dice Ana acercándose a la cama, extendiéndose para tomar un objeto encima de esta. Por un momento, Joaquín tiene el impulso de sentarse o recostarse sobre el lecho. El corazón le late rápido y fuerte, es casi una bestia, y hasta un bajón en las piernas le da—. Este —dice Ana, por fin, agarrando y extendiendo el objeto— es mi vestido favorito.

Lo coloca enfrente de ella, pegado al cuerpo, como si se lo estuviese probando. Es mínimo. Joaquín se siente envalentonado, en control.

—Uy, pero está bien chiquito —dice—, pues de seguro se verá mejor si te lo pones, ¿no? —Ana no le responde. Suelta una carcajada y lanza el vestido de nuevo sobre el colchón.

—Sí, es muy pequeño, muy sexi, solo para ocasiones especiales. Ven, vamos a bailar —agrega, dándole luego la espalda para desaparecer por la escalera de caracol. Él le da una última mirada al vestidito abandonado sobre la cama. Suspira.

Ya abajo, no está seguro del tipo de música que Ana pone en un antiguo tocadiscos, quizás hiphop local. Lo que sí sabe es que no se trata de esas canciones que se bailan tan lento y tan de cerca como lo hacen en ese momento. Con valentía y embriaguez comienza a pasar las manos por su espalda, las posa sobre sus caderas con suaves caricias hacia arriba y hacia abajo. Tropieza con su ropa interior debajo del vestido. Sa da cuenta de lo pequeña que debe ser. A través de su vestido comienza a mover lentamente su ropa interior, halándola para luego soltarla y para que haga un ligero rebote sobre su piel. Ana se ríe durísimo, de esas risas que hacen echar la cabeza completa hasta atrás.

—¿Qué haces, Joaco? —pregunta entre sonrisas que a él le resultan invitadoras.

Acaricia su espalda. Esta vez, Ana toma su mano y se la quita de encima. Joaquín repite el gesto: haciendo un esfuerzo, lanza una sonrisa invitadora, pero de inmediato se da cuenta de que no resulta bien lograda. Ana le quita la mano con mayor fuerza.

—Para, para, para —dice seria. Ahora parece molesta, se separa y pone fin a la música—. Bueno, ya se acabó la fiesta, eres el último que queda por irse —remarca con sequedad.

Joaquín siente ganas de disculparse, prefiere no decir nada. Se va en silencio, no cabizbajo, solo porque si mira al suelo siente el mareo del alcohol. Sobra decir que nunca hablaron al respecto y que luego de esa noche se limitaron a saludarse con un simple y frío hola, algo que nunca nadie notó.

Su casa está bastante lejos, ya a esa hora no hay buses y un taxi resultaría muy costoso. Decide irse caminando, cree que entre media hora o cuarenta y cinco minutos estará en su cama. El inicio es difícil, pues se encuentra en tal estado de embriaguez que le cuesta caminar recto. Todo a su alrededor se mueve. Sin embargo, el ejercicio le hace bien y tras unos diez minutos es como si estuviese sudando el alcohol y con cada paso que da se le pasan más los efectos del tequila. Se siente con *full* energía, así que camina a pasos agigantados con el objetivo de que se le pase la borrachera con rapidez, llegar en menos tiempo a su habitación y lanzarse a dormir. Al llegar se quiere echar encima de la cama y colapsar por las próximas doce horas. Sabe que no puede, pues tiene una clase a las once de la mañana, y aunque el horario es bastante tarde, significa que tendrá que levantarse al menos a las nueve. Intentando volver a la sobria normalidad, contra todo pronóstico, decide cepillarse los dientes. La luz del baño está encendida, lo cual le resulta extraño. Al entrar ve a Sachal sentado en el inodoro. Se asusta, aunque se calma al instante al fijarse que no está desnudo y que la tapa del inodoro se encuentra abajo. Parece dormir. No lo hace. Sachal se fija en su presencia y lo saluda con alegría, está más borracho de lo que estaba él hace una hora.

—¿Todo bien? —pregunta.

—Sí —responde su *roommate*, alzándose y abalanzándose—. Dame un abrazo —le dice—, necesito un abrazo.

Insiste tanto que no lo queda otra opción que aceptarlo. Pasa un segundo, pasan dos segundos, el mexicano está listo para separarse, pero su compañero no lo deja y parece querer prolongar el abrazo. Espera unos segundos más y, ya listo, empieza a echarse hacia atrás. Sachal se aferra y lo abraza más fuerte.

—No, sostenme, necesito apoyo —le suplica.

—Okey, okey —concede Joaquín dándole palmadas en la espalda. Ya ha pasado mucho tiempo más, y así se lo hace saber—. Ya basta, suéltame.

—No —responde Sachal. Joaquín no sabe si reírse o molestarse, le empieza a gritar que lo suelte, lo cual finalmente el otro acepta dejándolo zafarse. Pero luego se le abalanza otra vez y lo vuelve a abrazar.

—Sachal, para, estás borracho, déjame tranquilo, ¿qué quieres?

—Necesito apoyo.

—Okey —acepta Joaquín—, te apoyo si quieres, solo no me obligues a abrazarte —bromea. Sachal se sienta en el borde de la bañera—. ¿Te encuentras en problemas? ¿Pasó algo? —pregunta.

Su compañero de casa está borrachísimo y, aunque se le enreda la lengua, le cuenta de su novia Melissa. Una chica de Pittsburgh, rubia, de ojos azules, la conoce desde la secundaria, donde quedan perdidamente enamorados. Pero está también Jason, su hermano, quien objeta que Melissa no esté con alguien como ella, con una persona blanca, aclara. En una cena que acaban de tener en casa de los padres de Melissa y Jason, este le hizo saber abiertamente a todos qué pensaba, sin tapujos. «*That's fucked up*», sentencia Joaquín. Sachal se pone a llorar. Ahora es Joaquín quien lo abraza.

Al día siguiente, el silencio es total en la casa. Contrasta con los gritos de hace unas horas. Joaquín tiene que ir a clases y se dispone a tomarse un Gatorade, a ver si se le pasa la embriaguez, y a hacerse un café con la intención de mantenerse despierto. De la cocina emana un fuerte aroma a pimentón. Allí se consigue con Eric que, a pesar de que son las ocho de la mañana, está preparando una pasta con varios tipos de pimentón y pollo. El aroma es tan fuerte que casi le dan nauseas; se aguanta. Eric bromea que Sachal intentó abusar de Joaquín la noche anterior. Este le sigue la corriente y sonríe.

—Solo escuchaba que le gritabas que te dejara tranquilo —le dice su compañero de casa riéndose—. Espero que no te haya tocado en algún lugar inapropiado —comenta con sarcasmo.

Joaquín se ríe por compromiso, no tiene ganas de contarle los pesares amorosos de Sachal. Se le ocurre, otra vez, que los americanos están obsesionados con la raza.

***

Joaquín se puso de acuerdo con Ritchie para irse a tomar unas cervezas en el Garage Door Saloon, el cual este último describió como un bar típico de Pittsburgh. Estaba ubicado más cerca de la universidad pública de la ciudad, así que le aseguró que sería una experiencia más real, más *yinzer*. Le dijo que de seguro la mayoría de los estudiantes o clientes del bar serían blancos, pero (utilizó la palabra «pero») le aseguró que los camareros eran simpáticos, ponían buena música y los precios eran incomparables, así que, en fin, se podía pasar un buen rato. Aclaró que la comida no era la mejor, aunque a esos precios no era para estar quejándose. Cuando llegaron al lugar se fijaron en que había una promoción especial a partir de las nueve de la noche. Eran las ocho, así que solo tendrían que esperar una hora para poder beneficiarse de la oferta, que duraba hasta las once de la noche. La promoción incluía cinco cervezas, Coronitas, Coronas pequeñas, por tan solo siete dólares, y, además, todos los tacos que quisieras por setenta y cinco centavos cada uno. «Son tacos americanos de tortilla dura y carne molida de dudosa procedencia —comentó Ritchie—, igual llenan». No fue sino hasta cuando se sentaron que vieron en un volante sobre la mesa el nombre de la promoción. Sobre la hoja de papel se veía la caricatura de un hombre, con sombrero de mariachi y un espeso bigote, presumiblemente mexicano, sentado en el piso en obvio estado de embriaguez.

Wetback Wednesdays: 75 ¢ Tacos / $7 5xCoronas / 9-11 p. m.

Ritchie le señaló el *flyer* a Joaquín con disgusto. Pareció transformarse: «¿Puedes creer esto?», le preguntó con indignación. Joaquín no estaba seguro sobre qué quería decir, así que terminó por confesarle que no le parecía una mala oferta, que la Corona era un poco aguada para su gusto, pero a ese precio era imposible tomar otra cosa. Ritchie se dio cuenta de que no había entendido el asunto.

—¿Ves el nombre? Fíjate, *Wetback Wednesdays*, ese el problema; ¿sabes qué es un *wetback*? —Joaquín negó con la cabeza—. Joaquín, este país representa lo mejor y lo peor al mismo tiempo. Somos el mejor país del mundo, y a su vez uno de los peores. Los *wetback*, como te podrás imaginar, son los espaldas mojadas, es un término usado para referirse a los inmigrantes, en su mayoría mexicanos, que cruzan la frontera hacia los Estados Unidos. Entran tras cruzar el Río Grande, se tienen que meter al río, por ende, lo de mojados.

—No entiendo la expresión —respondió Joaquín tratando de quitarle gravedad al asunto—. Cruzando un río a pie no te vas a mojar solo la espalda. Asumo que, o te mojas los pies y piernas, o todo. ¿Estás seguro de que eso es lo que quiere decir? Me dices espalda mojada y pienso más bien en un trabajador con el dorso empapado de sudor, quizás por la dura labor que le toca, recogiendo fruta o algo así, ¿no será por allí que va el término? Y, de ser así, no me resulta tan malo, el trabajo siempre es digno —agregó alzando un vaso vacío y sonriendo.

—No es descabellado lo que dices —dijo Ritchie sin devolver la sonrisa—. Ya sabemos que a los mexicanos los explotan por poca plata para que suden su faena con sueldos miserables que más nadie quiere hacer. Pero te aseguro que lo de *wetback* se refiere al cruce del río. Y no, esto no es ninguna coincidencia inocente. ¡No me jodas! ¿*Wetback Wednesday*? Y lo que ofrecen son tacos y cerveza mexicana. —Ritchie estaba visiblemente molesto—. Tenemos que hablar con alguien o irnos de aquí.

—¿Irnos, me hablas en serio? —preguntó Joaquín, que no tenía ganas de escalar la situación—. Quizás nos conviene quedarnos tranquilos y al menos comemos barato.

—¡De ninguna manera! —afirmó Ritchie con indignación—. No podemos quedarnos y apoyar esta maldita desgracia. —Se alzó para acercarse al bar—. Hola, buenas noches, me gustaría ver al gerente.

—¡Hola! —lo saludó un chico joven, blanco, de unos veintidós o veintitrés años, que atendía la barra—. ¿Cómo puedo ayudarte? ¿Tuvieron algún problema?

—No me puedes ayudar tú —respondió Ritchie irritado, indignado—. Quiero hablar con la persona a cargo.

Luego de esperar unos cinco minutos llegó el encargado del Garage Door Saloon: era un tipo joven, aunque mayor que ellos, quizás de unos treinta años, rubio oscuro, más gordo que flaco.

Debía de saber que se trataba de algún reclamo, pues ya su cara mostraba cierta desconfianza.

—¿En qué puedo ayudarlos? —preguntó, mostrando falso desinterés, como si tuviese otra cosa urgente por atender.

—Exijo que quiten el anuncio que tienen afuera, el del *Wetback Wednesday* —demandó Ritchie sin anestesia y con agresividad—. Es ofensivo y racista —sentenció—, creo que no tengo que explicarme mucho, el porqué ya lo deben saber.

—Un momento —respondió el encargado—, disculpa, un momento, tienes que calmarte. Aquí no queremos ofender a nadie, no estamos ofendiendo a nadie, necesitas calmarte, por favor, déjame invitarles a unas cervezas.

—¿Crees que puedes comprarnos con una cerveza barata? ¿Cómo que no ofenden a nadie? Mi amigo y yo estamos ofendidos, mi amigo es mexicano, ¿sabes? Y yo, como americano, me siento avergonzado de que él tenga que presenciar esta canallada.

—Mira —dijo el gerente regordete a quien ya se le notaba que había perdido la paciencia—, mira, mira —repitió varias veces buscando las palabras—. Esperen un segundo, yo estoy tratando de ser educado con ustedes y de escuchar lo que tienen que decir, lo que no puedo aceptar es que vengan a insultar o a llamarnos racistas, o algo así. Entiendo tu punto, pero es una broma.

—¿Una broma? —preguntó Ritchie, soltando una carcajada con sarcasmo—. ¿Una broma y lo dices así, con tanta ligereza?

—Ya se lo dije —prosiguió el gerente—, les invité a una cerveza y no la quieren. No están pidiendo nada, lo que están logrando es molestar a la clientela presente, así que lo lamento, les tengo que pedir que, por favor, abandonen el local.

Finalmente, Joaquín tomó la palabra.

—Ya mi amigo te ha planteado lo que queremos, por favor, quiten el anuncio que tienen afuera y nos iremos tranquilos, pero no nos pueden denigrar así sin más, no me pueden insultar así.

—Esto es un país libre —espetó el encargado del bar, quien pareció molestarse más luego de que Joaquín tomara la palabra—. Si no les gusta la oferta, váyanse, insisto en que se vayan, si no me voy a ver obligado a llamar a la Policía. Después de todo, esto es propiedad privada. —Y dirigiéndose a Joaquín, agregó—: En este país respetamos la propiedad privada.

—La verdad que este es el colmo de los colmos —intervino Ritchie de nuevo—. Señoras y señores, así es como el sistema convierte a la víctima en victimario. ¿Llamar a la Policía? ¿Tú te estás escuchando a ti mismo? Nos amenazas con la Policía, desde tu privilegio de hombre blanco. Pues no, yo no voy a quedarme aquí y arriesgar mi vida si tu plan, si el responsable plan de este establecimiento, es llamar a la Policía porque hay un negro que se queja. No voy a ser tu Rodney King. Me voy, nos vamos, y con gusto, con el gusto de hacer valer nuestros derechos, o al menos intentarlo, lo que puedo asegurarte es que esto no se quedará aquí. —Ritchie plantó, con dramatismo, un puñetazo con fuerza sobre el bar, dieron media vuelta y salieron del local.

Al apenas tocar la acera afuera, Joaquín le suplicó a Ritchie que se calmara.

—Yo soy mexicano y ni yo me siento tan ofendido. Ya el tipo explicó que era solo una broma, quizás de mal gusto, pero es una broma al fin.

—No, no, no, no, Joaquín, no has entendido nada. No podemos dejar pasar esto así, no más, ese es el problema, para ellos algo tan insultante no significa nada. Dentro de su ignorancia, no saben las connotaciones que sus malos chistes pueden tener. El primer paso para no ser más oprimidos es precisamente incomodar al opresor con lo que él no ve. Es para abrirle los ojos. Y no te preocupes, estoy calmado, mi respuesta fue en parte exagerada, para transmitir mejor el mensaje, para que no se les olvide. Que se vea que estamos indignados, porque es así. Y que al mismo tiempo sabemos controlar nuestras emociones, es así como les enseñamos que les llegamos a la altura, si no es que los sobrepasamos. Joaquín, a esto hay que darle chispa, es una oportunidad para poner este asunto en la opinión pública, que vean cómo nos tratan. Como te dije, este tipo de cosas no se pueden simplemente dejar pasar. Es más, se me acaba de ocurrir una buena idea, genial diría, si me disculpas la molestia. Voy a escribir un artículo sobre el bar, su oferta y lo que nos acaba de ocurrir. Tengo a un par de amigos en el periódico de la universidad. De seguro puedo lograr que me den un espacio en la sección de opinión. Y de allí, luego organizamos una protesta o algo por el estilo. Puede hasta que nos den cobertura en algún medio local. Deberías escribir el artículo conmigo, ¡seamos coautores! Así cala mejor el mensaje si lo escribe un mexicano también.

Joaquín lo vio con intriga.

—Tú lo que quieres es hacer política —le dijo casi a modo de reproche.

—¡Por supuesto! —replicó Ritchie emocionado—. Es con política que se cambia el *statu quo*, es lo que mueve la opinión pública, son dos elementos en simbiosis que se mueven como bailando.

—Un tira y encoge —completó Joaquín.

En efecto, unos días después, Ritchie Vargas publicó el artículo «*Racial slurs in Oakland bar: the unfathomable "Wetback Wednesday" tacos and Corona offer*» en el *The Tartan News*. La nota fue firmada también por Joaquín Vélez, aunque este en realidad no escribió ni una sola línea de esta. Al principio aceptó trabajar en ella, y nunca en realidad se propuso no hacerlo, pero entre los estudios y sus actividades sociales nunca le dio mayor tiempo. Ritchie movilizó además a la Hispanic Student Association de su universidad, quienes a su vez pusieron al tanto a organizaciones pares en otras universidades de la ciudad y del estado. Valiéndose de estos contactos, con su ayuda logró organizar una protesta frente al bar. El evento se llevaría a cabo un miércoles a las seis de la tarde. Desde el inicio había insistido en mantener un equilibrio entre la necesidad de buscar participantes y de no alertar al bar de lo que se les venía encima, para que el día de la protesta la oferta fuese visible. Y funcionó su plan, el día indicado llegó un primer grupo de estudiantes y algunos fotógrafos de prensa estudiantil. Y allí estaba el anuncio de la oferta en uno de esos minipizarrones negros que usan los restaurantes anunciando su menú y que daba hacia la calle. Y allí el mensaje:

En la parte de abajo, en letras cursivas, habían
agregado la frase «mucho loco». Los periodis-
tas estudiantiles tomaron varias fotos del lugar
y del anuncio. Al ver la conmoción, el encargado del negocio, el mismo que habían visto una
semana atrás, salió a ver qué estaba sucediendo.
Al ver las cámaras, y tras reconocer a Ritchie,
hizo un intento por no mostrar ningún gesto
y se regresó al local, como si buscara refugiarse.
Salió luego otra vez, ahora visiblemente molesto,
para anunciarle a la docena de estudiantes que
si iban a entrar tenían que consumir y necesita-
rían un documento de identidad para verificar si
eran mayores de veintiún años. Hasta ahora todo
iba marchando mejor de lo que se lo había imaginado. Quince minutos más tarde comenzó lo
que Ritchie había denominado como la segunda
fase. Un grupo más grande de estudiantes, quizás
hasta cincuenta, llegaron de manera sincro-
nizada por las varias calles aledañas. Llevaban
grandes carteles y pancartas en inglés y español
con diversos mensajes. «SALOON RACISTA»,
«¡QUITEN EL ANUNCIO!», «¡RESPETEN
A LOS MEXICANOS!», «¡CIERREN ESTE
SITIO!», «¡NO HAY LUGAR PARA IN-

SULTOS RACISTAS!». Tomando las riendas comunicacionales del evento, aparte de su editorial y de organizar la protesta, envió también notas de información, a manera casi de un comunicado de prensa, a varios medios locales de la ciudad. Incluso hizo llegar cartas a algunas de las sucursales locales de grandes medios nacionales como la NBC, CBS y, por supuesto, Univision y Telemundo.

Los resultados de la protesta resultaron mucho mejor de lo que originalmente pensaba y el tema salió en varios medios de comunicación por varias semanas, algunos incluso fuera de Pittsburgh. Los dueños y gerentes del local tomaron la opción de pasar agachados y con bajo perfil, con la idea de ni siquiera querer cambiar su oferta. Pero ante la presión de protestas más pequeñas que se organizaron espontáneamente frente al Saloon cada miércoles, terminaron por cambiar la promoción e incluso el tipo de cerveza que ofrecían. Así, pasaron a ofrecer una Amstel Light menos controversial.

Con el pasar de los días, como es costumbre en cualquier ciudad moderna, surgieron otras inquietudes entre sus habitantes y nuevas razones por las cuales protestar. Cambios de zonificación de una zona tradicionalmente industrial; el bloqueo de rutas para maratones y carreras los fines de semana; una protesta para mejorar la higiene de los estudiantes (que aparentemente estaban tan ocupados con sus tareas y proyectos que no se bañaban con frecuencia), y hasta un *rally* contra la obligación de poner vacunas en preescolares. Al igual que cualquier otro, el tema del racismo del Saloon fue olvidado por el público en general. Con quien sí se mantuvo como algo importante a continuar debatiendo fue con algunas organizaciones de la sociedad civil, anónimas, de esas que la gente no sabe que existen. La Unión de Estudiantes de Pennsylvania Occidental por la Libertades Civiles (UEPOLC) mantuvo la presión sobre algunos oficiales públicos, y grises, del condado. Cuando ya el caso estaba más que borrado de la opinión pública, la ciudad terminó por tomar acción. Así, se volcaron en una seguidilla de casos administrativos en contra del lugar. El local empezó a recibir todo tipo de visitas oficiales, desde inspecciones sanitarias, de desratificación y hasta sobre instalaciones de alarmas antincendios, entre otros, todo en un período de seis meses implacables y sin pausa. Luego de conseguir algo, un mínimo defecto administrativo que pudieron procesar, el asunto quedó olvidado esta vez en las Cortes, hasta que dos años después finalmente se tomó una decisión y clausuraron el edificio entero donde se encontraba el bar por problemas con el código de habitabilidad. Dos años más tarde, el departamento de Building Standards ordenaría demoler el edificio entero, ya que una remodelación valdría más de dos veces su costo. No fue por racismo, pero al final sí lograron castigar, y hasta cerrar, el Garage Door Saloon.

2

Regresar al tercer mundo luego de un periodo de varios años en el primero es siempre una experiencia colorida, variopinta. Aparte del cambio evidente de temperatura y de temperamentos, una de las cosas que más impactan es el desorden generalizado, la normalización de la anarquía y la tropicalización de cualquier proceso. Choca aún más la aparente felicidad con la que se lleva este estilo de vida, aunque por dentro se sufra quién sabe qué contratiempo o tragedia. Y no fue para nada diferente el regreso de Joaquín al D. F. Aunque lo que más le impresionó no fue el desorden o la bulla, que sí se esperaba, sino que tuvo la sensación de que todo, todos, estaban impregnados de una capa fina de grasa, como una contaminación pegajosa que no se logra sacar de todos los objetos, e incluso de la ropa y también de la piel. Le pareció ridículo que se le estuvieran viniendo tales ideas a la cabeza. «Demasiado tiempo afuera, Joaco, demasiado tiempo afuera», se dijo. Estaba contento de regresar.

También tuvo la impresión de que los males que afectaban al primer mundo no eran tan diferentes de los del resto. La antipolítica antidemocrática, presente ya en varias partes del mundo desarrollado, no había dejado de afectar a la capital más grande de Latinoamérica y a los acontecimientos nacionales. Tras un siglo de revolución institucionalizada, los mexicanos parecían dispuestos a cambiar de partido y de ideología casi como para probar cualquier alternativa, siempre que fuese algo diferente, nuevo. Existe una errónea tendencia a creer que cuando se está en el foso no se puede caer más bajo. Pero es una trampa. La política y la economía terminan, casi siempre, por imponer que el foso es infinito, que la caída nunca llegará al fondo para volver a subir, sino que se puede seguir cayendo por una eternidad hasta que alguien patea la mesa y detiene este proceso. A eso se dedicaban los mexicanos, a buscar al mesías que los sacase del precipicio, o que al menos pudiese parar la caída libre. Así, cada seis años, llevaron al poder a presidentes de todos los extremos. El gobierno de Fox había comenzado con mucha popularidad, con la convicción y misión de que más privatizaciones atraerían los mercados norteamericanos y canadienses, otra trampa. Expandir el mercado mexicano a estos gigantes permitiría el anhelado e inalcanzable desarrollo. Grandes ideas, grandes objetivos, pero después de tan solo unos pocos meses ya la gente estaba obstinada de la elección que había hecho. A una gran parte de la población les resultaba un gobierno rendido a los pies de los gringos, no solo en lo económico, sino en parte también por su apoyo a una fallida y retrógrada guerra antidrogas que convertiría a México en una nueva Colombia. Y con el mercado como motor, la única propuesta seria de la que se hablaba era la del Área de Libre Comercio para las Américas (ALCA), iniciativa a destiempo, con un continente que no estaba listo, un ambicioso proyecto que beneficiaría más que todo a los gringos. Y en vez de enfocarse más en los problemas locales, aparte de querer subir algunos impuestos (obvio), el presidente Fox parecía más interesado en buscar pleitos con Fidel Castro o con Hugo Chávez, por el ALCA o por alguna otra tontería del momento. La respuesta a ese populismo de derechas, catalogado por muchos de facho, surgió en una izquierda extrema rancia y trasnochada. En su máxima expresión, con un alcalde instalado en la Plaza de la Constitución reclamando que le habían robado la elección presidencial. Al final, el asunto se convertiría en uno de esos casos latinoamericanos sobre los que nunca se sabría la verdad. Lo cierto es que la no victoria del alcalde calmó los ánimos, pues querría decir que no se instalaría en el poder un radical del otro bando del espectro político, evitando así pasar violentamente de un lado a otro, como un metrónomo.

Como tantos mexicanos de clase media, Joaquín estaba al centro de todo este desmadre. Sin identificarse con ninguno de los extremos, cruzando los dedos para que la política local fuera más tranquila y estable. Fantaseaba con un tipo de política de la que uno se puede olvidar, estilo Suiza o algún país nórdico, donde lo que hacen los políticos profesionales no es tan interesante o polémico como para importar, o al menos esa es la apariencia desde afuera. ¿O es que alguien se acuerda del nombre de algún presidente suizo de los últimos cien años? (Si es que esa gente tiene un presidente). Nunca había pensado mucho en política, y mucho menos su participación en ella, hasta que vivió en los Estados Unidos y le tocó orquestar protestas con sus amigos. Ya en México, sin saber con quién poder expresar sus inquietudes y preocupaciones sobre los extremos actuales, y con unas ganas crecientes de hablar al respecto, a falta de una mejor opción, decidió inscribirse en un taller de lectura. El grupo que consiguió comenzó leyendo *El manantial*, de Ayn Rand, y ya en la tercera semana salieron a flote las opiniones de algunos miembros del taller en apoyo radical a cualquier política que promoviera el libre mercado. Tal como lo sospechaba Joaquín, les iba a resultar imposible ignorar el contexto local. La mayoría estaba en contra de la salida del actual gobierno y su cambio potencial por un AMLO herido instalado aún en la plaza y esto se traspasaba a su interpretación de la lectura. Más de una vez salieron a relucir comentarios acerca de los simpatizantes del candidato de izquierda y no pocas veces escuchó juicios de valor asociados a su clase social, a su color de piel o a sus rasgos indígenas. Aunque no le sorprendió, este último elemento le llamó la atención, ya que fueron comentarios que hicieron frente a él sin ningún tapujo. Parecía evidente que el simple hecho de pertenecer a un grupo de lectura, ligado, además, sin que él lo conociera, a una universidad dependiente de los Legionarios de Cristo, lo hacía participar en una élite. De más estaría acotar que si acaso había uno que otro mestizo en el taller, incluyéndolo a él, no había ningún indígena. Poco a poco las conversaciones se fueron transformando en una especie de tertulia política. Y cada vez que críticas sobre los simpatizantes de AMLO salían a flote, estas iban más allá de meras

consideraciones políticas. En algún momento
estuvo a punto de protestar, reclamar e incluso
acusar que tales juicios iban en contra de las
buenas costumbres que algunos de los miembros
del grupo decían profesar. Pero prefirió en cada
ocasión quedarse callado y evitar controversias.
Tal fue, y tan rápida, la mutación de las discusiones, que después de un año decidieron lanzar una
publicación en papel periódico para distribuir
gratuitamente en universidades y que iba más
allá de la literatura. *Temas de Actualidad* la llamaron. Desde que salió en circulación, a Joaquín
le dieron ganas de escribir en esta, aunque en realidad no se le ocurrió ningún tema sobre el cual
tendría algo en particular que decir. Después de
todo, tampoco estaba de acuerdo con muchas de
las opiniones que publicaban algunos miembros
del taller. Ángel Alvarado, abogado, entre los
más conservadores del grupo y que era el editor
informal de la publicación mensual, se le acercó
para pedirle que redactara un artículo. Joaquín
se sintió halagado, aunque desconocía que este
lo había contactado porque ya no sabía a cuál de
los colaboradores regulares volverles a preguntar
que escribieran algunas palabras. Aceptó sin pensarlo mucho, le mintió diciéndole que, en efecto,
estaba considerando una que otra idea desde hace
tiempo. Dijo que lo pensaría y que le mandaría

pronto un *e-mail* con su decisión. Al aceptar desconocía que pasaría más de una semana completa obsesionado haciendo listas de posibles temas para desarrollar. Tras más de diez días sin decidirse, en una madrugada semiinsomne, a eso de las tres de la mañana, se alzó de la cama emocionado con una idea que lo despertó. Tuvo la seguridad de que había logrado identificar un tema, con lo que pudo conciliar el sueño luego de escribir en una hojita los puntos principales que se le ocurrieron para evitar olvidarlos. La mañana siguiente le explicó a Ángel Alvarado que necesitaría más de una página, y probablemente al menos cinco de las seis páginas del periódico, pues el texto que tenía en mente sería más largo de lo esperado. Esa misma noche, cuando llegó a casa de su trabajo (había terminado como analista financiero en una conocida casa de inversión internacional), abrió su computadora con el propósito de terminar su artículo, su manifiesto. Trabajó toda la noche. Apenas redactó la última frase, a eso de las cinco de la madrugada, se le ocurrió que sería impublicable. Estuvo a punto de llamar al editor y decirle que lo mejor era olvidar el asunto. Pero luego de ducharse y tomar un café, se convenció de que en realidad había querido decir cada palabra escrita, que no existía motivo para avergonzarse y, sobre todo, que tampoco tenía nada que perder. Le envió de una vez por todas un *e-mail* a Ángel Alvarado con el texto, disculpándose por haber usado más palabras de las asignadas. Aprovechó para advertirle de que su propuesta era una sátira, que ya sabría interpretar dada la coyuntura actual.

A Ángel Alvarado no le gustó el texto. En absoluto. Incluso no estaba seguro de haberlo entendido del todo, tenía algunos puntos y argumentos que le resultaban válidos, si acaso mal presentados. Tampoco le resultaba claro el tono de manifiesto, ¿se trataba de verdad de una sátira, como Joaquín se lo había mencionado? ¿Había exagerado algunos puntos para hacerlos más dramáticos? ¿O simplemente quería decir todo lo escrito? Se lo pensó un par de días, pero desde el inicio sabía que no tenía muchas opciones. Con los pocos miembros del grupo de lectura, se le hacía cada vez más difícil conseguir a alguien que escribiera regularmente. Decidió tomar el riesgo de publicarlo. Algunas partes estaban bien escritas, y probablemente algún tipo de debate incitarían, quizás le serviría para hacer un poco de bulla y darle visibilidad a la publicación. Le explicó que era mejor presentarlo sin ninguna advertencia de que se trataba de una sátira, pues así evitarían confusiones sobre los objetivos del escrito. Quienes lo tenían que entender, ya lo entenderían tal como era, una frase que Joaquín no terminó de comprender. A él nunca se le ocurrió que publicarían su texto, y menos aún que lo aceptasen en su totalidad y sin correcciones mayores más allá de una que otra falla ortográfica o gramática. El día en que Alvarado mandó el material a imprenta no pudo dejar de pensar que podría ser malinterpretado, llegando así a cuestionarse a última hora si valía la pena sacar la próxima edición de *Temas de Actualidad*, y que tal vez debió pedirle al autor que lo escribiera como un ensayo normal y no como un llamado a la acción política. Terminó por decidir que lo más conveniente era ir adelante, que un retraso, así fuera de un solo número, sería fatal para una joven publicación independiente. Le dio el okey a la imprenta. «Quizás la controversia no sería tan negativa», pensó para sí mismo, tratando otra vez de autoconvencerse. Como dicen por allí, la mala publicidad puede ser útil, que hablen mal de mí, pero que hablen. En el peor de los casos, habría algunas críticas al folleto, que de todas formas serían olvidadas sin retraso. En el mejor de los casos, si a alguien le molestaba el texto y le agarraba idea a la publicación, o al grupo, con seguridad tendría algún interés en leer la próxima edición, lo cual era ya en sí un regalo en términos de promoción.

Como muchas veces en la vida de Joaquín, lo que se había imaginado sucedería con su escrito, la historia que solía hacerse en su cabeza de lo que podría pasar, resultó muy lejana de la realidad, casi lo opuesto. La primera felicitación le llegó por parte de Juan Miguel Mata, un joven profesor de Derecho en una universidad privada, y uno de los líderes *de facto* del grupo de lectura y de quien se rumoreaba era miembro del Opus Dei. En la siguiente reunión del taller, Juan Miguel propuso que se dedicara el punto inicial de esta a una tertulia acerca de las ramificaciones del manifiesto propuesto por el compañero Joaquín Vélez. Se sintió halagado y, nuevamente, se sorprendió de que se tomaran tan en serio su texto. Trató de aclarar que se trataba también de una provocación llevada a los extremos, pero los otros miembros del grupo parecieron ignorar sus afirmaciones al respecto, prefiriendo discutir el llamado a la acción. Tras ese primer encuentro, y quizás algunos minutos cortos en los dos o tres siguientes, con el paso del tiempo no se habló más del tema. Joaquín había quedado satisfecho con el trabajo hecho, con la oportunidad de escribir, y estaba agradecido por la buena recepción y el *feedback* recibido. Pensó si valía la pena tratar de escribir algo más. Súbito prefirió el anonimato de ser un miembro más del taller de lectura sin otra responsabilidad más que opinar.

Unos meses más tarde, recibió en su correo una invitación a un debate sobre migración a los Estados Unidos que se llevaría a cabo en la UNAM, la Universidad Nacional Autónoma de México, más específicamente en la escuela de Trabajo Social. El *e-mail* explicaba que participaría en un panel en el que tendría que hablar del futuro de los hispanos al norte del Río Grande. Por supuesto, se le ocurrió que la invitación podría tener algo que ver con los argumentos planteados en su manifiesto, pero lo más probable es que estaría relacionada con su experiencia como estudiante internacional, como estudiante mexicano en los Estados Unidos, por lo que aceptó. Unas horas antes del panel se reunió con uno de los organizadores del evento, un líder estudiantil de la escuela de Trabajo Social, que no dejó de acotar su más tajante rechazo a las tesis del escrito de Joaquín, e incluso su desagrado de tomarse un café con el autor. Sin embargo, agregó que la honestidad intelectual les obligaba a darle un espacio para presentar sus ideas, ya que eran parte de un debate que estaba dando tanto de qué hablar a ambos lados de la frontera. Entendió que se trataba no solo de sus vivencias como estudiante, sino también de su escrito en *Temas de Actualidad*. Se preguntó cómo habían llegado a leer un texto que si acaso tenía un tiraje de doscientas o trecientas copias y que difícilmente llegaría a un público más grande.

Hernando, el líder estudiantil que lo había invitado, se sorprendió de que Joaquín no tuviese idea del impacto que su texto había tenido en círculos estudiantiles durante los últimos meses, casi seis. Todo comenzó con la publicación de una corta reseña en una revista estudiantil de la escuela de Comunicación Social de la universidad. En la nota se atacaba directamente su tesis, mostrando indignación porque tal tipo de debates estuviese siendo importado desde los Estados Unidos hacia México. Dio tanto de qué hablar que luego el manifiesto fue reseñado en el periódico universitario, generando aún más debate y controversia y causando hasta una campaña anónima de afiches con algunos de los lemas del texto. En fin, ante el creciente interés, a favor o en contra del escrito, y la polémica suscitada, los editores de *La Gaceta*, el periódico de la universidad, decidieron publicarlo en su totalidad en la sección de este manejada por estudiantes. Durante el panel, el debate no resultó tan cautivador como inicialmente Joaquín pensó que sería. Desde el inicio se dio cuenta de que era uno de esos días en los que le costaba expresarse bien en público y poder hilar ideas le causaba cierta dificultad. Tanto así, que cada vez que tomaba la palabra le parecía que no se estaba explicando bien y que no lo estaban entendiendo, al menos no como él quería. Su estrategia fue tomar la palabra más seguido, pero con la sensación de ir hundiéndose poco a poco dentro de su silla, aunque sin que esta le pudiese dar una vía de escape.

Pasaron un par de semanas y el manifiesto seguía dando de qué hablar. En la próxima reunión del taller de lectura, Juan Miguel le insistió en que promoviera sus ideas en alguna actividad pública por definir, le dijo además que sería muy útil para dar visibilidad a las actividades del grupo y generar mayor interés en este. Joaquín se preguntó cómo era posible que un simple grupo de lectura tuviese tantas ambiciones de darse a conocer. Era evidente que las razones de Juan Miguel, a quien luego se le unió también Alvarado, iban más allá y se entremezclaban con sus ideales políticos. Ya Juan Miguel, durante algunas discusiones que tocaban precisamente temas de actualidad, había flotado la idea de armar un partido político conservador alrededor de ideas de relevancia de varias asociaciones universitarias, incluyendo el taller. A Joaquín le incomodaba la situación e incluso le pareció que lo querían usar. No se retiró oficialmente del grupo, pero sí dejó de asistir hasta perder el vínculo con ellos, llegando incluso a ignorar los *e-mails* de Alvarado, para saludarlo o con cualquier propuesta para promover discusiones de nuevas obras que leer, el manifiesto, el taller y un naciente partido político. Unos meses más tarde, se enteró de que habían lanzado el CFA, el Círculo de Formación y Acción, que se reunía todos los sábados por la mañana, el mismo horario del taller.

Si bien no le interesaba ya el círculo de lectura, y para nada el CFA, le hacía falta poder interactuar y debatir ideas de cualquier índole, ya fuese sobre el último libro ganador de la bienal Vargas Llosa o de los últimos cambios del gobierno nacional al aparato electoral. Se dio a la tarea de buscar un nuevo grupo al cual poder unirse y participar, sin estar seguro en qué. Hasta se le ocurrió unirse a algún partido político, pero si no se sentía identificado con la derecha del CFA, tampoco lo hacía con los partidos tradicionales de izquierda. Anhelaba la izquierda europea, esa misma que come con caviar y toma champán mientras debate cuestiones sociales como el matrimonio gay o los derechos de los refugiados, aunque sabía que en

México no era más que una fantasía, al menos por los próximos cien años. Quizá su mejor opción sería probar algo radical y que nunca hubiese intentado. El mismo día del debate acerca de su manifiesto en la UNAM, había cogido un papelito de esos afiches que en la parte inferior tienen un número telefónico escrito en vertical para que puedan ser arrancados. No estaba claro de qué era, parecía una especie de asociación artística. Por suerte, había guardado el pequeño papel doblado en dos en su cartera. Lo buscó y lo abrió, decía: «El Techo del Tiburón. T: 55 7483 4747». Se animó y llamó por teléfono para obtener información de sus actividades. Una chica joven, de acento extranjero que no pudo identificar (lo cual le pareció un buen augurio), le informó que tendrían un evento en la escuela de Bellas Artes de la universidad dentro de dos sábados. Joaquín había olvidado tomar una foto del afiche, simplemente recordaba que era algo relacionado con varios tipos de artes y que veía exótico o poco común. Pensó en preguntar de qué trataba la iniciativa, pero le siguió la corriente a la muchacha y hasta se sintió un poco seducido por el misterio. Ya se enteraría por dónde vendría la actividad. Dos semanas después, llegó a la escuela indicada y a la hora acordada. Quien parecía ser la misma chica del extraño acento lo recibió y orientó hacia un oscuro auditorio donde estaban todas las luces apagadas. Era una especie de teatro invertido: en vez de haber una tarima, más bien las sillas estaban dispuestas a manera de una escalinata hacia abajo, dando a un escenario-sótano. Sobre este se encendió un bombillo amarillo, solo. Desde la oscuridad emerge un hombre vestido con un traje negro. Lleva unas carpetas en la mano, como si viniese de una cita de trabajo. Luego de detenerse debajo del bombillo y revisar los documentos que trae, salen de atrás dos sujetos. Visten también trajes negros o gris plomo, con la expresión severa. Se colocan a los dos lados del hombre que ha salido de primero y ponen sus manos encima de sus hombros para luego tomarlo por los brazos. Nadie dice nada, silencio. El hombre de las carpetas forcejea con los dos tipos tratando de zafarse y en el ínterin se le caen los papeles. Los otros dos hacen ahora movimientos más bruscos y logran arrastrarlo hasta atrás del escenario. No hay diálogos. Únicamente se escuchan los rugidos y gemidos de los tres mientras forcejean entre sí. Los tres salen de la escena. Se apaga la luz. Oscuridad total. Se oye que mueven algo en el teatro, con ese ruido exagerado cuando se hacen las cosas con cautela. Es obvio que están cambiando la escenografía. Unos minutos más tarde, se enciende el bombillo otra vez. Esta vez, en medio del escenario hay un sofá para dos personas. El mismo hombre del inicio, que esta vez solo viste una camisa blanca, está sentado frente a una bella mujer. Es pálida, de cabello largo y negro y con los ojos grandes. Es hermosa. «Demasiado para un tipo tan huesudo y enclenque», piensa Joaquín, que ahora tiene la impresión de que el hombre ha disminuido. La pareja se mira intensamente a los ojos. De nuevo el silencio en la sala es total, aparte de alguien que tose disimuladamente en la parte posterior del teatro. En el sofá, la pareja se acerca y comienzan a besarse. Primero besos tímidos en la boca. El hombrecillo parece no saber qué hacer con sus manos, así que las entrelaza. Después de un rato más largo de lo esperado, finalmente toma el paso de poner su mano derecha en la pierna de la chica, que lleva un vestido largo negro y holgado. Pasan así varios minutos hasta que la chica se acuesta. Ante la vacilación de él, ella lo toma de los hombros y lo atrae hacia ella, terminando así los dos casi acostados, él abalanzado sobre la mujer. Ahora parece excitado y los besos son más intensos, lo suficiente como para que se escuchen dentro de la tranquilidad del teatro. Se apaga la luz. Una vez más, silencio y objetos que alguien mueve. Aparece frente al negro absoluto una chispa que se apaga allí mismo. Luego otra. Luego otra, hasta que finalmente se enciende una vela grande. Se encienden varios velones blancos en un semicírculo cuya apertura da hacia el público. Dentro del semicírculo están los dos sujetos del primer acto, con los mismos trajes de antes, pero sus caras se encuentran ahora sucias con manchas negras, tal vez aceite u hollín. Uno de ellos sujeta una correa, que esta amarrada al cuello de un tercer hombre, que está sobre sus manos y rodillas a gatas en el piso. Tiene la cara cubierta por una especie de bolsa y no lleva camisa. El hombre que no sujeta la correa tiene un látigo en la mano y comienza a azotar al tipo en el suelo. Este se retuerce de dolor y da gritos desesperados que aturden al público en el teatro. A Joaquín le da la impresión de que lo azotan de verdad y que no son actores. Los lamentos son casi ensordecedores. Una vez más la escena dura más de lo esperado. Son más de cien latigazos. Es tan degradante y desesperante que unas tres o cuatro personas se alzan de sus asientos y se marchan. De repente, se apagan las velas y se acaban los gritos. Pero aún se oyen gemidos de dolor reprimidos, como quien quiere ocultar una tos y no lo logra. Joaquín se pregunta de qué demonios se trata todo esto. Otra vez silencio y oscuridad por algunos minutos hasta que nuevamente se prende el bombillo. En el escenario, los dos hombres de antes, vestidos de negro, con sus trajes mal ajustados y esta vez con la cara tan limpia como la primera vez que salieron. Tienen de nuevo entre sus manos al mismo hombrecillo, ahora pálido, del inicio. Uno de ellos lo suelta y saca una carta de su saco que lee en voz baja. El prisionero lo mira a los ojos mientras la lee. El sujeto que lee mete la carta en su bolsillo y, del otro lado de su chaqueta, saca una daga o puñal que parece más grande de lo que realmente hubiese cabido allí. En ese momento, Joaquín nota la palidez del prisionero en comparación con sus dos verdugos, que, si bien no son morenos, son de tez más oscura. Se le pasa por la mente su manifiesto. El hombre toma la daga con fuerza con la mano derecha y le clava una puñalada en el estómago al condenado, que esta vez luce resignado a su destino y no opone ningún tipo de resistencia. Su camisa se llena lentamente del color rojo de la sangre y cae mientras lanza un pequeño y casi inaudible suspiro. «Muy realista», piensa Joaquín. Los dos tipos de traje se dan media vuelta y desaparecen detrás de las cortinas del escenario. El piso se va manchando lentamente de sangre que, sobre la alfombra negra, da la impresión de ser solo una mancha oscura. Se apaga el bombillo. Silencio. Después de un momento más o menos largo se encienden las luces del teatro y la tarima está completamente vacía, como si no hubiese pasado nada en la hora anterior, y sin ningún rastro de sangre. Algunos asistentes inician a pararse y se marchan. La obra, si es que puede llamarse así, ha terminado. No hay aplausos ni ovaciones.

Joaquín no sabe qué hacer así que se dispone a marcharse. Apenas a la salida de la puerta del teatro hay unas mesas con algunas cosas de comer y tomar, ve a la chica del acento extranjero con quien habló por teléfono y que vio al inicio de la obra. Se le acerca. «¿Qué tal?», le pregunta ella. Le sonríe exageradamente, piensa él. Se llama Mayra, es venezolana. Le dice que está bien si no ha entendido nada de la obra. Son solo escenas sueltas de *El proceso*, de Kafka. Le comenta que es uno de los proyectos de El Techo del Tiburón, armar versiones simples de momentos aislados de algunas obras literarias. Al parecer quieren probar que unas simples escenas, aunque por sí solas, si son lo suficientemente buenas, pueden no solo llevar el peso de capítulos enteros, sino además contar toda la historia. Mayra agrega que hay que meter algunos cambios por aquí o por allá y que depende de la interpretación personal que se le dé, que puede ser lejos de la historia original para quienes no la conocen. En fin, hacen lo suficiente para crear tantas historias e interpretaciones posibles como personas haya en el público. Le cuenta que ya tiene más de diez años en México y que aún no sabe cómo es que no se le ha pegado el acento. Le explica que le agrada lo que ella misma define como la trasgresión de El Techo del Tiburón, tratar de hacer algo no convencional con cosas convencionales, siempre creando nuevas versiones. A Joaquín, cuando ya no encuentra qué decir, le parece buena idea sacar a relucir su manifiesto, que sabe es conocido en círculos universitarios. Mayra le confirma que algo ha escuchado al respecto. Joaquín comenta que lo que él ha intentado hacer con su texto es similar a lo que hace El Techo del Tiburón, propiciar un debate del que salen distintas interpretaciones, «es un proceso muy subjetivo», aclara. Mayra parece impresionada. Tanto que lo invita a darles una charla sobre lo que él ha llamado una nueva ideología. Joaquín acepta sin pensarlo porque le gusta, es trigueña, pero con el cabello y los ojos claros. El color del cabello evidentemente no es natural, no le importa. Le llama la atención la palabra que ha utilizado con la venezolana, «ideología», por un momento se le ocurre que el asunto está por salírsele de las manos. Ella comenta que su propuesta es muy bonita, además de oportuna. Encaja a la perfección con los tiempos vividos. Él dice que es una hoja de ruta para el futuro. Le aclara además que lo que hace su manifiesto es precisar una verdad y una realidad que ya se ha puesto en marcha y la cual no se puede detener. En los ojos de la chica, aparte de una atracción intelectual, se ve también cierta excitación, esa de quien descubre por primera vez alguna de las convicciones más claras de su vida, como decidir si existe o no Dios. Terminan besándose en una esquina escondida de la universidad, recostados de una pared donde nadie los ve.

3

Manifiesto del Partido Racista Mexicano

Un fantasma recorre las Américas y el mundo entero, el fantasma del racismo. Todas las fuerzas americanas se han unido para contrariarlo: desde los centros de poder de los distintos gobiernos nacionales, de la Casa Blanca a la Rosada, hasta los núcleos académicos más importantes del continente, pasando por la Universidad de Harvard y la Universidad de La Plata.

¿Quién en una posición de poder no ha sido acusado de racista para perjudicarlo y descarrilar sus acciones? He aquí algo muy básico que hay que aprender: que el racismo es una fuerza reconocida por las mayorías. Lo que hay que exponer es que existen dos clases de racismo, el racismo clásico (o negativo), el de las minorías que han sido víctimas desde la esclavitud con el comercio de africanos, entre otros, para trabajar hasta morir sin darle valor a su labor. Se suman también las microagresiones diarias que reciben negros, latinos y árabes en los Estados Unidos, que pasa desde pedirles que solo hablen inglés, hasta que se les queden viendo cuando caminan por la calle porque Hollywood los ha presentado como ladrones, pandilleros y terroristas. Pero existe también un racismo con una posición positivista y positiva, del que poco se ha hablado, aunque sea una realidad tangible que tiene décadas y siglos en gestión. Desde el célebre mestizaje, el encuentro de dos mundos que nos enseñan en la escuela; hasta el autorreconocimiento, la superioridad derivada de reconocer la ignorancia de quienes no ven más allá del color blanco de su piel.

Ya es hora de que el racismo positivista exponga al mundo entero sus ideas y objetivos.

Positivistas de las más diversas nacionalidades se han reunido en la Ciudad de México y han, hemos, redactado el siguiente manifiesto. Será publicado principalmente en español, pero será traducido a más de veinte idiomas para llevar el mensaje a donde más se necesita, incluso a la lengua del opresor, para que nos entienda.

El hombre blanco y la gente de color

La historia de todas las sociedades hasta nuestros días es la historia de la lucha entre diversas razas.

Hombres libres y esclavos, patricios y plebeyos, señores y siervos. En una palabra: opresores y oprimidos. Nos han hecho creer que se trata de una lucha de clases, pero al frente, guiando la opresión, ha estado siempre el hombre blanco. Se ha tratado de la historia de los blancos y el resto, estos últimos recientemente definidos como la gente de color. Definición basada sobre una diferenciación con el opresor y, por lo tanto, errada. Blancos y el resto que se han enfrentado permanentemente, que han mantenido un conflicto constante, velado unas veces y otras, franco y abierto. Lucha que termina con la imposición del más fuerte. En las anteriores épocas históricas encontramos casi por todas partes esta misma imposición. En la antigua Roma hallamos patricios, plebeyos y esclavos; en la Edad Media, señores feudales y vasallos. El color de la piel nos dice fácilmente a qué grupo pertenecemos.

La moderna sociedad burguesa, que ha salido entre las ruinas de la sociedad feudal, no ha abolido estas contradicciones raciales. Únicamente ha sustituido las viejas diferencias, las viejas condiciones de opresión, las viejas formas de disputa, por otras nuevas.

Nuestra época, la época de la burguesía, se distingue, sin embargo, por haber simplificado las contradicciones. Toda la sociedad va dividiéndose, cada vez más, en dos grandes campos enemigos, en dos grandes categorías que se enfrentan directamente: la burguesía y el proletariado. Estos son solo calificativos nuevos, basados en la utilización de términos económicos para sustituir lo que en realidad representa al hombre blanco y al de color.

El descubrimiento de América (así lo llamaron ellos) y la circunnavegación de África ofrecieron a la burguesía blanca (opresora de otras minorías blancas, menos blancas) un nuevo campo de actividad: los mercados de la India y de China, la colonización, el intercambio de las colonias, un nuevo mundo más diverso y, por lo tanto, más fácil de diferenciar y así deshumanizar para luego oprimir.

Los mercados crecieron sin cesar, con la demanda siempre en aumento. El déficit en la producción y los límites de la mano de obra dieron paso al vapor y a la maquinaria, que revolucionaron entonces la producción en masa. La industria moderna sustituyó a la manufactura; el lugar de la clase media industrial vino a ser ocupado por los industriales millonarios, jefes de verdaderos ejércitos industriales, los burgueses modernos. ¿Vio usted en esa época del siglo xix e inicios del siglo xx a algún industrial que no fuese blanco con orígenes europeos?

La gran industria ha creado el mercado mundial, consolidándose con el mal llamado «descubrimiento» de América. El mercado mundial aceleró prodigiosamente el desarrollo del comercio, de la navegación y de los medios de transporte por tierra. Este impulso influyó, a su vez, en el auge de la industria. Y a medida que se iban extendiendo esta, el comercio, la navegación y los ferrocarriles, se extendió también la burguesía, multiplicando sus capitales. ¿Y quién se benefició de este hiperdesarrollo? Cada etapa de la evolución recorrida por la burguesía blanca ha ido acompañada del correspondiente progreso político. Al inicio, bajo la dominación de los señores feudales, la burguesía forma luego una asociación autónoma; en unos sitios, como república urbana independiente, en grandes ciudades segregadas por guetos que todavía persisten. Posteriormente, durante el período de la manufactura, es el contrapeso a la nobleza en las monarquías, hasta que después del establecimiento de la gran industria y del mercado universal, la burguesía conquistó finalmente la hegemonía exclusiva del poder político en el Estado occidental moderno. El gobierno del Estado moderno no es más que una junta que administra los negocios comunes de toda la clase burguesa, creada por quienes en una región eran mayoría en su momento. Pero globalmente, y en la actualidad, esta ficción de mayoría no es más que una minoría destinada a la desaparición.

Espoleada por la necesidad de dar cada vez mayor salida a sus productos, hoy en día la burguesía recorre el mundo entero. Necesita anidar en todas partes, establecerse ubicuamente, crear vínculos.

Mediante la explotación del mercado mundial, la burguesía ha glorificado y dado carácter cosmopolita a la producción y al consumo en todos. Nuevas industrias dominadoras se convierten así en cuestión vital para las naciones civilizadas. A quien sea que el hombre blanco de descendencia europea no considere civilizado, buscará transformarlo, sin preguntarle, y llamará educación a este proceso. Surgen así necesidades nuevas, falsas, que perpetúan el sistema. Se ha establecido así un intercambio e interdependencia universal. Se forja un mundo que les conviene, una realidad globalizada. Hoy en día no hay escape de esta burguesía que sigue dominando. Algunos argumentarán que hoy, a inicios del siglo xxi, existe también un nuevo hombre negro y rico, pero, este nuevo hombre negro y rico, ¿trabaja solo para sí mismo o simplemente perpetúa y ayuda a consolidar a esa mayoría blanca, dentro de la misma élite burguesa controladora? Está en el interés de la burguesía blanca que existan también, dentro de ella, representaciones de las minorías. Así logran vender el mal llamado sueño americano o europeo, una esperanza de progreso que no se manifestará en las grandes mayorías, una de las claves de la dominación.

La burguesía blanca ha sometido el campo al dominio de la ciudad. Ha creado urbes gigantescas, ha multiplicado la población en las ciudades, sustrayendo una gran parte de la población rural de su hábitat natural. Todo con el objetivo de producir, y así eternizar, el mecanismo de dominación. Del mismo modo que ha subordinado el campo a la ciudad, ha subordinado los países bárbaros a los países civilizados, los pueblos campesinos a los pueblos burgueses, el hombre de color al hombre blanco, el Oriente, el resto del mundo, a Occidente. Este control de una minoría nos ha llevado, además, a una centralización política en Occidente con el hombre blanco a la cabeza. Y no hay vuelta atrás, la única manera de extender el sistema es expandirlo, buscar nuevos mercados y sobreexplotar los ya existentes. Y esta hegemonía sociocultural ha forjado ella misma las armas para derribarla. La opresión causa que los llamados hombres de color, las mal llamadas minorías, sean los que propongan la lucha. Una disputa en la que pululan obreros y proletarios, aquellos a quienes se les paga solo lo necesario, un medio de subsistencia para vivir y perpetuar su linaje y así hacer marchar la maquinaria que los oprime. Se trata de un ciclo de interdependencia que es necesario romper.

A veces las clases oprimidas triunfan, pero es solo una victoria efímera. El verdadero resultado de sus luchas no debe ser el éxito inmediato, sino la unión cada vez más extensa de todos los oprimidos. Y esta unión en la actualidad es una aspiración global, propiciada por el crecimiento de los medios de comunicación (creados por esa misma gran industria), que ponen en contacto a los pueblos dominados de todas las esquinas del planeta. El opresor habla de minorías porque lo hace en comparación a lo que él percibe como una masa heterogénea blanca y que ve ante ella grupillos minúsculos desarticulados. Todos los movimientos en su contra han sido llevados a cabo por estas minorías desunidas; un ejemplo que podemos mencionar es el de los negros y los latinos en los Estados Unidos de América y su eterna batalla por pertenecer a la realidad del opresor, en vez de declararla y tomarla como suya. Un movimiento racista positivo hace que estas minorías se conviertan en un solo grupo y, por ende, en una mayoría. Hablamos de un movimiento propio de la inmensa colectividad, la verdadera mayoría, y para su provecho. El llamado hombre de color, capa inferior de la sociedad actual, no puede levantarse, no puede incorporarse, sin hacer saltar toda la superestructura formada por las capas de la sociedad blanca oficial.

Es lógico que esta lucha en contra del opresor blanco sea primeramente una lucha nacional. Es natural que el hombre de color de cada país acabe en primer lugar con su dominador más cercano. Esto es en parte porque el grupo blanco no es tan homogéneo como se vende a sí mismo y en cada sitio tiene sus particularidades.

El positivismo es, además, garantía de paz. En la misma medida en que sea abolida la explotación de un individuo por otro, será abolida la explotación de una nación por otra. Al mismo tiempo que desaparece el antagonismo de razas en el interior de las naciones, se extingue la hostilidad entre las naciones.

Las ideas dominantes en cualquier época siempre han sido las ideas de la clase al poder. Una revolución racista, positivista, es la ruptura más radical con las relaciones de dominio tradicionales. Es por eso por lo que este movimiento apoya toda iniciativa revolucionaria contra el régimen social y político de dominación existente. El racismo positivo trabaja en todas partes por la unión y el acuerdo entre los oprimidos, lo que es un vehículo para la igualdad de todos los países. Sería indigno ocultar nuestras ideas y propósitos. Proclamamos abiertamente que los objetivos solo pueden ser alcanzados acabando con el orden social existente. Las clases dominantes temblarán ante una revolución racista, ya lo hacen. No tenemos nada que perder más que nuestras cadenas. Tenemos, en cambio, un mundo que ganar.

Con plena conciencia de que la mezcla de razas, el mestizaje, constituye la condición imprescindible para obtener la verdadera igualdad, y animados por la voluntad indeclinable de asegurar un futuro igualitario para las naciones, por todos los tiempos, debemos tomar como máximas los siguientes principios:

Principio 1:

Fomentar los matrimonios entre ciudadanos de diversos orígenes, preferiblemente raciales y nacionales, léase entre grupos mayoritarios y minoritarios, depende de cómo estos sean definidos en un país determinado.

Principio 2:

Los descendientes de estos matrimonios se convertirán en el nuevo hombre, mixto, que no pertenece a un solo sitio, sino al mundo entero. Un ciudadano pleno.

Principio 3:

El ciudadano pleno es una persona que desciende de un mínimo de tres abuelos también considerados ciudadanos plenos.

Principio 4:

Se considerará también un ciudadano pleno a aquel que:

a. Esté casado con otro ciudadano pleno;

b. Se considere a sí mismo, se identifique como ciudadano pleno y declare públicamente serlo.

Principio 5:

Queda claro que, a corto plazo, todos podremos aspirar a ser ciudadanos plenos, sin exclusión. Es redención.

En el destino está escrito que todos seremos ciudadanos plenos, es una realidad que hay que precipitar para conseguir la igualdad y evitar el racismo negativo, la esclavitud, opresión y sometimiento que ha traído.

¡Unámonos!

4

A veces, la mejor manera de predecir el futuro es saber que, de todas las cosas que a alguien se le puede ocurrir que podrían suceder, terminará por ocurrir algo que no se le pasó ni remotamente por la cabeza cuando estaba analizando las opciones. Joaquín no tenía ganas de entrar en política, es algo que nunca se había propuesto y para lo cual carecía probablemente de la ambición necesaria. Solo hizo lo que quizás, sin siquiera planearlo, había estado haciendo en los últimos años, seguir el curso de los acontecimientos como se le iban presentando, sin darse muchos problemas al respecto. Cuando Mayra le propuso que se lanzara a diputado para el Congreso de la Ciudad de México como parte de la plataforma del Movimiento de Regeneración Nacionalista (el MRN), le causó una carcajada la propuesta. De esas que hacen que escupas el agua que te estás tomando. Pero tras su insistencia, y más por complacerla, aceptó reunirse con los representantes del partido en la universidad y después, con los de la ciudad. Mayra le advirtió que estaba generando interés, que tuviera cuidado con lo que decía en la reunión. Le insistió en que mostrara pasión, ya que estaría en el encuentro uno de los jefes nacionales del partido cuya sola opinión serviría para lanzar una candidatura o para vetarla. Joaquín se sintió halagado y, aunque tomaba lo que ella le planteaba con bastante escepticismo, le aseguró que seguiría su consejo y que se limitaría a tocar lo que el público quería escuchar, o al menos lo que él creía querían escuchar. Trancado en el tráfico, en camino a la reunión, palpó lo que sucedía con más frialdad. Si lo que Mayra decía era cierto, si era verdad que lo querían a él y que les gustaban sus ideas, entonces él debería tener el derecho a hacer las cosas como él quería. Algún tipo de relación ganar-ganar tenía que ser posible. Si ellos sacaban provecho de sus escritos, pues él también habría de hacerlo.

No sabía mucho del partido y, cuando algo leyó en Wikipedia, supo que sus opiniones personales y políticas, por mal formadas que estuvieran, se alineaban con el MRN. Pero no podía meterse a ciegas de lleno en algo que no conocía, entregarse así no más. Casi sin proponérselo, convenció al liderazgo del partido, en una sola reunión, de que aceptaba ser candidato en la lista proporcional de este, pero dejando claro que no se inscribiría en él y que haría campaña como independiente. Le explicaron que, estando en la lista, en realidad cualquier campaña que hiciera por su cuenta no importaba mucho, pues la gente simplemente votaría por el partido. Sintiéndose un actor en escena, y tratando de sacar el máximo provecho a la situación donde inesperadamente se encontraba, Joaquín insistió en que quería presentarse como independiente. Nadie parecía convencido o seguro de que tal movida respetaba las normativas del partido, hasta que Juan Aguilar, el representante del equipo nacional del grupo político, abrió la boca. «Si así lo quieres, que así sea, lo que nos interesa es que puedas hablar del manifiesto y que nosotros lo podamos presentar como bandera. Lo que nos interesa es estar asociados a su autor». A Joaquín le resultó un trato aceptable e incluso tuvo la impresión de que les había ganado, ya que su independencia, la cual él mismo no sabía del todo qué significado podría tener, quedó intacta. Mayra le dijo que desde ya podía celebrar: la posición en la lista en la que lo colocarían haría que de seguro fuese electo. Y así, tan solo seis meses después, Joaquín Vélez tomó juramento como diputado del Congreso de la Ciudad de México, donde en las actas oficiales, efectivamente, quedó anotada su condición de independiente.

A decir verdad, resultó un diputado bastante gris; Aguilar, a puerta cerrada, lo había presagiado. Los primeros meses, sin saber qué hacer y pese a su insistencia de ser independiente, votó siguiendo los lineamentos de su bancada. Al fijarse en esto, se dio a sí mismo la tarea de ser más autónomo, pero lo cierto es que tampoco estaba en sintonía con otros partidos de oposición minoritarios. Lo que sí había seguido haciendo era participar en *meetings* en los que se le presentaba como el artífice ideológico de un nuevo México más justo y balanceado. De vez en cuando le daban la palabra y decía una que otra generalidad sin mucha convicción, llenando así las casillas de lo que el partido pretendía para él. Tampoco se podría decir que se encontraba contento con tal situación. Si bien al inicio no tenía mayores aspiraciones, una vez llegado al cargo se dio cuenta de la importancia e influencia que podía tener. Sabía que lo usaban por su manifiesto y, al mismo tiempo, reconocía que sería imposible llevarlo a cabo o buscar alguna manera de implementarlo. Era simplemente una quimera teórica con la función muy específica de promover al MRN, enfrascado en presentarse como la única opción política comprometida con la búsqueda de una verdad objetiva. Por ello, no intentó poner en marcha ningún programa o idea que llevara adelante el único tema por el que había llegado hasta este punto. Además, estaba al tanto de que la influencia de un congreso urbano era limitada, y casi inexistente, cuando se trataba de asuntos de envergadura nacional. Pero sentía ya la piquiña de poder hacer algo, aunque sin saber muy bien qué. Por ello, el día que Juan Miguel Mata, el otrora líder de su grupo de lectura, y del cual se había confirmado era del Opus Dei, le hizo una propuesta, esta le cayó a Joaquín de muy buena manera. Juan Miguel le reiteró la importancia que sus ideas habían tenido en el grupo de lectura y que de seguro se convertiría en una parte del debate en todo el país, quizás no ahorita, de seguro en un futuro muy próximo. Le habló de unos diputados del Partido de Acción Nacional que querían hablar con él, que al parecer juntando los votos de algunos diputados independientes, incluyendo otros de la Asociación Parlamentaria Alianza Verde Juntos Por la Ciudad, podrían aprobar algunas cosas sin la participación del Movimiento de Regeneración Nacional. Joaquín preguntó sobre el tipo de iniciativas, aunque Juan Miguel no quiso explicarle o no sabía qué exactamente. Le dijo que lo mejor era hablar con Padilla, el subjefe de la bancada del PAN, que le podría dar los detalles. Agregó que no se preocupara, que de seguro no sería nada tan controversial ni comprometedor.

Y, en efecto, el asunto no resultaba nada que pudiese resultar escandaloso. Tras una reunión con Padilla, del PAN, y Mujica, de los verdes, le informaron de que simplemente se trataba de sacar los votos para eliminar el tráfico y convertir en bulevar una pequeña calle en una zona residencial, la calle Foro. No debería dar muchos problemas, era una vía de no más de ciento cincuenta metros de largo. Daba a una avenida principal comercial y mucho más transitada y, como había una escuela primaria al final de la calle, nadie pondría peros para convertirla en peatonal. Los gastos, sin embargo, eran más elevados de lo que Joaquín hubiese podido pensar resultarían por tan solo modificar una estrada. El proyecto requería deshacerse del asfaltado tradicional, bajar y recubrir el suelo y colocar un empedrado tipo bulevar. Además, el proyecto incluía también la replantación de árboles. No se trataría de una simple plantación que dentro de cincuenta años daría sombra, sino más bien consistía en el traspaso de árboles ya crecidos a lo largo de la calle. Esto fue lo que a Joaquín le resultó más controvertido del asunto. Pues el trabajo de replantación era bastante delicado y solo existía una empresa en todo el D. F., no, en todo México, que hacía ese tipo de trabajos, por lo que requería una licitación de contratación directa sobre la que hizo bastantes preguntas. Tras informarse bien de las reglas financieras y administrativas, concluyó, aunque nadie se lo confirmó, que estaban siguiendo el protocolo apropiado. Decidió apoyar la iniciativa, que se aprobó con los votos necesarios, incluyendo los del PAN, de los verdes, uno coleado del PRI y dos de MRN, más el suyo como independiente y el de otro diputado que logró convencer insistiéndole en que devolverle espacios públicos a la gente era lo más democrático que podían hacer desde sus humildes, así lo llamó, posiciones. A partir de ese entonces, Joaquín fue reconocido por sus colegas como un tendedor de puentes. Una fama que le duró y que le sirvió para buscar y ganar votos en iniciativas de todas las bancadas, siempre vendiendo pragmatismo sobre ideología. No fue sino hasta después que comenzaron los trabajos en la calle Foro que se enteró de que el colegio al final de esta era una escuela de los Legionarios de Cristo y en la cual Juan Miguel Mata estaba en la junta directiva. Pensó hacer la información pública, pero ¿qué iba a publicar exactamente? ¿Algo que toda la comunidad sabía? Le molestó que hubiesen olvidado mencionarle ese pequeño detalle. Se sintió utilizado; sin embargo, al mismo tiempo, él se había convertido en el que lograba trabajar con otros, así que la cuestión le resultó a él también bastante útil. Y de eso precisamente se trataba la política. *Quid pro quo*.

Joaquín sabía que su capital político iba *in crescendo*. También estaba al tanto, por supuesto, de las sospechas que levantaban su insistencia de ser independiente y su nuevo rol en la ciudad como alguien que podía atravesar la calle y trabajar con la oposición, con el resto, con la minoría. Sabía que por eso mismo tenía varios enemigos en el partido. Sacó sus cuentas y decidió que su momento era ahora y apenas se abrieron las primarias para la diputación nacional, no dudó en poner su nombre adelante. Sabía que, en política, lo que hoy se aprecia, en tres meses es insignificante. Si quería mantener su rol y naciente influencia, tenía entonces que ponerse al ataque. Resultó más sencillo de lo que pensaba. Los líderes del partido tomaron con beneplácito la noticia y propusieron incluirlo en la lista nacional, lo cual le daría un pase seguro al Congreso de la Unión. A sabiendas de que la política se trata de explotar las oportunidades al máximo, y que de vez en cuando había que apostarlo todo, ponerlo todo en riesgo para alcanzar un objetivo más ambicioso que el que se dé por sentado, Joaquín se propuso obtener algo más. Les explicó, con mucha ecuanimidad, calma y de forma muy articulada, que no, que no quería lanzarse por la lista en nombre del partido. Sino que buscaba una plataforma nacional donde promover sus ideas y sus capacidades de trabajar con otros, incluso con las oposiciones más directas. Les explicó, aunque algunos lo vieron más como una advertencia, que, a pesar de su independencia, fue el MRN quien le había dado la plataforma para encontrarse en la posición en la que ahora se encontraba. Por eso su primera opción sería presentarse como candidato del partido, pero de haber algún inconveniente, ya sea por la negativa de algunos dirigentes, o incluso por la pérdida de alguna elección primaria, consideraría lanzarse como independiente. Quizás podría contar con el apoyo de otros grupos políticos y, de seguro, de algunas facciones dentro del MRN. Estaba convencido de que en las calles su mensaje calaría directamente. A Juan Aguilar no le gustó la idea e incluso llegó a alterarse tanto que le gritó en la cara y acusó a Joaquín de traidor. Este se hizo el desentendido y se lo tomó con magnanimidad. «A esto me refiero —dijo—, si así se siente el partido, voy por fuera, pero les doy el beneficio de que lo consideren antes de lanzarme. No me debo al MRN, me debo a los individuos que me han apoyado, y por agradecimiento les doy esta opción».

Pasaron semanas peleando a través de trámites burocráticos, con cartas y memorándums que iban y venían, conversaciones telefónicas, mensajeros, reuniones a través de apoderados, amenazas. Todo un vaivén de opiniones y mensajes sobre la participación de Joaquín Vélez como candidato nominal del MRN para el Congreso de la Unión. Todo se saldó con una carta que llegó al comando de campaña de Joaquín y que recibió Mayra, su ahora jefa de prensa. «Acaba de llegar, igual que en los viejos tiempos, firmada a mano, y pidieron una copia sellada de que fue recibida,» le dijo la venezolana. Desde sus primeros días de diputado en el D. F. habían estado juntos, con un lazo romántico pero sin llegar a ser novios. Al final había decidido terminar con ella y así no mezclar trabajo con placer. Todavía la quería, y ella a él, aunque no se lo decían ni lo mostraban públicamente, aunque sí en la cama de vez en cuando o tarde en la oficina, cuando ya no quedaba nadie. Mayra le entregó la carta, era del partido. Joaquín se fijó directamente en la firma, era del mismísimo Juan Aguilar: la misiva era corta, formal y seca.

Anunciaba su expulsión del partido y le daba las gracias por su servicio. «Pues nos toca lanzarnos como independientes», comentó sonriendo. A ella le pareció que parecía satisfecho, dando la apariencia de que eso es lo que hubiese querido desde un principio, convencido de que más que un inconveniente, sería algo que podría explotar a su favor. Y así fue. Al día siguiente hizo una rueda de prensa en la que anunció su candidatura, dijo que lo haría como independiente y que no aceptaría apoyos institucionales. Agregó que estaba abierto a recibir el sostén de aliados a título personal, viniesen de donde viniesen. Su única condición para aceptar apoyos es que quienes se lo diesen estuviesen convencidos (sin explicar mucho) de que México sería el primer país del futuro. Recibió el soporte de varias figuras nacionales de los grandes partidos, causando en muchas ocasiones minicrisis en ellos. Y así, en seis meses, entró al Palacio Legislativo de San Lázaro el primer día de la nueva sesión del Congreso de la Unión.

Por su buena reputación, con rapidez se convirtió en la persona clave que podía sentar diversas opciones, y grupos parlamentarios, alrededor de una mesa con la intención de tratar objetivos comunes. El ser independiente tenía el beneficio adicional de que sus colegas de varios bandos no se sintieran amenazados por las grandes maquinarias políticas de los partidos y su *lobby* de votos en el Congreso. Mayra, por supuesto, se mantuvo a su lado, asegurándose de que se convirtiera, además, en un político mediático. Sacó un pódcast semanal en el que comentaba sobre toda clase de asuntos a nivel nacional, y también internacional, donde promovía un papel más importante para la diplomacia mexicana, como parte de ese esfuerzo en convertirse en la primera nación del futuro. El pódcast fue rápidamente sindicado por radios regionales y nacionales que lo llevaron a cada rincón del país. Y después de un año le instalaron una cámara enfrente mientras grababan los audios y así inició un nuevo un programa de televisión que comenzó por YouTube y era compartido por redes sociales y por WhatsApp. La manera como gesticulaba exageradamente con las manos resultó en burlas y en la imitación de varios comediantes, pero esto mismo ayudó a crear un imaginario nacional alrededor de su persona. Tras unos pocos meses, el programa fue comprado por uno de los principales canales de televisión mexicanos.

Con una plataforma ahora nacional, sus temas de conversación se fueron ampliando cada vez más. De vez en cuando salía a relucir su tesis del manifiesto. Bastantes críticas le lanzaron, acusándolo de racista, a lo que siempre respondía con una sonrisa, afirmando que sí, que lo era, pero positivista. Proponía que, en su ideología, el término no tenía en lo absoluto alguna connotación negativa. Y a pesar de las múltiples críticas, siguió siendo por aquellos años el hombre que construía puentes entre grupos bastante diversos. Argumentaba, además, que su manifiesto racista era parte de esa misma metodología de lanzar puentes entre diversos para que saliera una sola idea, común, más adaptada a todos y aceptada por opuestos. Evitaba ponerse a la defensiva en los momentos que se sentía atacado, siempre aclarando que sus propuestas no eran solo una ideología intelectual, teórica, sino más bien una práctica bien concreta y directa: unirse al otro a través de la sangre, el puente final, el verdadero encuentro de dos mundos. En poco tiempo se convirtió en uno de esos políticos de los que se habla incluso fuera de México, y son pocos. Por eso nadie se sorprendió cuando, años más tarde, se lanzó al ruedo como candidato independiente a nada más y nada menos que la presidencia de los Estados Unidos Mexicanos.

5

Entrevista televisiva con el periodista mexicoamericano Jorge Ramos

Jorge Ramos (JR): Buenas noches, señoras y señores, a un mes de las elecciones presidenciales en México hemos estado trabajando día y noche para presentarles todos los candidatos y sus ideas. Nuestro objetivo, como siempre, un periodismo inquisitorio y objetivo. Tratando de llegar lo más que podamos a la verdad y a los puntos de interés de cada uno de los mexicanos e hispanos en el mundo. Esta noche nos encontramos con un candidato que hasta hace pocos meses nadie sabía si se iba a lanzar o no. Y desde que anunció que en efecto lo haría, ha estado remontando en las encuestas. Según un estudio de IPSOS/UNAM entre el 13 y el 21 de febrero, de los mexicanos con intención de votar, un total de treinta y cinco por ciento tiene la idea de hacerlo por este candidato, por el candidato y diputado Joaquín Vélez. Si vemos los datos más de cerca, en la intención de voto de los votantes entre dieciocho y treinta y cinco años, la cifra se eleva al cuarenta y cinco por ciento. Esto significa que los jóvenes apoyan su candidatura, están con usted. Y sabemos que, cuando los jóvenes salen a votar, mueven elecciones. De más está decir que son cifras impresionantes para un candidato que hasta hace tan solo dos meses no pintaba en ninguna encuesta y nadie sabía si, en efecto, sería candidato. Buenas noches, diputado Vélez, bienvenido a *Por la noche con Jorge Ramos*. ¿Qué nos puede comentar de la remontada en las encuestas? ¿Qué se siente? ¿Cuándo se planteó seriamente la posibilidad de lanzarse a la presidencia de México?

Diputado Joaquín Vélez (JV): Buenas noches, Jorge, ¿así sin anestesia, empezamos de una?

JR: Sin anestesia, diputado, es el trato que les damos a nuestros invitados en este programa.

Diputado JV (sonriendo): Okey, Jorge, no hay problema, vamos. Me hiciste tres preguntas en una, trato de responderlas todas, si me falta una me lo dices. Empiezo por la última: ¿cuándo me planteé ser candidato? Te puedo decir con toda honestidad que, si me hubieses preguntado hace un año, lo más probable es que me hubiese reído en tu cara. Te puedo decir que tampoco fue algo que me propuse de un día para otro, diciéndome a mí mismo «quiero ser presidente». No. Esto ha sido parte de un proceso, una causa que inició en la Ciudad de México y que luego llevamos al Congreso de la Unión. Un proceso en el que hay muchas personas. Por eso a veces no me gusta hablar con muchos «yo», porque uno lo que es es la imagen. Detrás hay un equipo, tan amplio que es casi representativo del país. Sobre todo, si tomas en cuenta la diversidad de partidos que han apoyado el proyecto del que hablo. Y como parte de este, como un elemento de esta estrategia de tender puentes y poder ser prácticos trabajando juntos como hermanos, salió la iniciativa de lanzar una candidatura. No te podría precisar un momento justo o una persona en particular que lo haya propuesto por primera vez. Te digo, ha sido un proceso, orgánico. Y cuando surgió la idea me pareció, nos pareció, la evolución natural de este proyecto que queremos llevar a todo México. Sobre la remontada en las encuestas, creo que la respuesta está relacionada con mi primer comentario. Es parte de un proceso, la candidatura se da porque hay un sentimiento por una mejor situación, por un cambio, por algo que no ataca al otro o le echa la culpa al otro, sino que enaltece lo que realmente somos. Con la candidatura el mensaje sale, cala en la gente y es lógico entonces que, como consecuencia, haya un alza en las encuestas, a lo que, por supuesto, le doy la bienvenida, le damos la bienvenida. ¿Y cómo se siente? Bueno, Jorge, no te voy a mentir. Se siente muy bien. Estoy muy agradecido. Aunque mi gratitud a nivel personal es extra, porque esto va más allá de mí mismo. Es un sentimiento nacional, quizás por eso es por lo que se siente tan bien, porque no es personal, sino que involucra a mucha gente.

JR: Pero su candidatura y su mensaje también han generado bastantes críticas, e incluso resistencia a uno de sus mensajes principales.

Diputado JV: Es cierto, no lo voy a negar, Jorge. Es parte de hacer política. Dime a dónde quieres llegar para que entremos de una vez. Sin anestesia, como me dijiste.

JR: Tiene razón, diputado, dejémonos de rodeos y vayamos al grano, a una de las cosas que está generando más ruido en su campaña, incluso a nivel internacional. ¿Es el diputado Joaquín Vélez racista? ¿Apoya usted una política racista?

Diputado JV: Por supuesto que sí. Siempre lo he sido. Nunca lo he negado. Desde que hago política es algo por lo que he abogado. Ahí no hay medias tintas. Lo digo con la responsabilidad de tener muy claro lo que esto quiere decir.

JR: En pleno siglo xxi, ¿no se avergüenza de este tipo de lenguaje?

Diputado JV: Para nada, no tengo de qué avergonzarme. Jorge, me parece que vienes con los prejuicios de muchos de los que me critican. Y como bien lo sabes, los prejuicios vienen de la ignorancia. Me hablas de racismo, me acusas de ser racista. Como si esto quisiera decir que estamos proponiendo despreciar a un grupo en específico o que tienen que votar por nosotros y nuestro proyecto porque somos de determinada raza o color. Todo lo contrario. Nosotros más bien proponemos la igualdad. La futura igualdad, para ser precisos, es un ideal, por supuesto. Es evidente que somos diferentes culturalmente y, lamentablemente, se ha creado una tendencia de equiparar esas diferencias también con niveles socioeconómicos. Esto resulta entonces en varios estratos sociales alineados con el color de la piel de la gente. Lo que nosotros proponemos es darnos una oportunidad a todos de ser más iguales, más parecidos entre nosotros mismos. No es tampoco la primera vez que se dé, pues hablamos de un nuevo mestizaje. El continente americano es el mejor ejemplo. Si vemos los Estados Unidos y Canadá, cómo se formaron como sociedad, nos damos cuenta de que en un momento llegó el hombre blanco que se instaló como opresor y creyéndose, por su puritanismo, mejor que los demás, no se quiso mezclar con otros. Creó así una dominación racial, sí, creo que la podemos llamar así, que luego trascendió sus fronteras gracias a su dominio cultural. Eso la verdad es algo en lo que han sido bastante buenos, en vender al resto del mundo su estilo de vida, en el que ellos obviamente están al centro. Pero si vemos del Río Grande hacia abajo, podemos ver una situación completamente diversa. Los españoles, católicos, menos puritanos, no se pusieron con cómicas y se mezclaron con todos. De allí salimos los mestizos que poblamos este hermoso continente. Lo que somos es futuro. ¿Y por qué el futuro? Porque aquel hombre o mujer blanco, parte de un grupo opresor, tiene la opción de mezclarse con los de la mayoría y convertirse también en parte de ella. Es una posibilidad de redención para ellos, y para las mayorías una aspiración a ser más iguales. No entiendo, la verdad, cómo puede haber controversia con algo tan natural como la mezcla de grupos que terminan pareciéndose más y más entre sí. ¿Que si somos racistas? Sí, somos racistas, en el buen sentido de la palabra, en el sentido de que hacemos un llamado a que todas las razas se unan y nos convirtamos en un grupo homogéneo.

JR: Hay quienes ven en su propuesta la puesta en marcha de la teoría del Gran Remplazo. Es decir, el remplazo de los pueblos blancos, de la gente de raza blanca, por mayorías de gente de color, *people of color*.

Diputado JV: Jorge, tienes un discurso completamente centrado en los Estados Unidos, usas terminología estadounidense que nada tiene que ver con México, con Latinoamérica o con el mundo entero. No podemos hablar de remplazo, ¿remplazo de qué? Los pueblos netamente blancos son una minoría, eso quiere decir que la *people of color*, como tú nos llamas, como tú te llamas, somos la mayoría. Las minorías no se remplazan, simplemente se absorben por el grupo más grande. Y no te me vayas por la tangente de que esto es un discurso genocida, cuando hablo de absorción me refiero a la mezcla, a través del proceso más humano y natural que hay, el de la reproducción. Que, al fin y al cabo, es amor puro. Darles respuesta a tus argumentos representa casi dignificar tu comentario sobre la teoría del remplazo. Jorge, habría que ser bastante ignorante para hablar de una población blanca heterogénea, presuntamente originaria de Europa. Como si no hubiese ya habido todo tipo de mezclas con Asia o con África. Esta pureza de la que tanto se habla, al menos a bajas voces, simplemente no existe. Nosotros lo que hacemos es aceptarlo, reconocerlo y promover que continúe este mestizaje, para que cada vez seamos más iguales. Ojo, tampoco hay que caer en la tentación de satanizar a los blancos. El problema no es con mi vecino John Smith y su esposa Susan Smith, el problema es con la idea de élite generada en torno a las poblaciones blancas. No tengo nada en contra de ningún individuo. Pero cómo me encantaría que la pequeña Karen Smith, su hija, se case con Pablo Morillo y tengan hijitos que acercan a sus dos familias. Nadie me puede criticar tal posición. Los inconvenientes entonces, mi estimado Jorge, no son con el hombre blanco, sino con la idea de dominación que existe en él y sobre él, promovida, por supuesto, por sus intereses. Una idea tan arraigada que nosotros mismos la perpetuamos.

JR: Pero estos John y Susan hipotéticos, blancos, americanos, no se encuentran aquí en México, están al otro lado de la frontera, en Estados Unidos.

Diputado JV: Ya voy a llegar a ese punto, primero quiero tocar un término que utilizaste y que no quiero que se me escape o que no hablemos al respecto. *People of color*, gente de color. Admito que me molesta que haya calado este término. ¿Gente de color? ¿Y lo opuesto qué es? El hombre blanco, ¿cierto? ¿Pero es que no es ese otro color? Me causa disonancia cognitiva que la definición de quienes somos la mayoría se tenga que dar en función del otro. Es como si no tuviésemos lo suficiente para definirnos a nosotros mismos y termina haciéndose en base al otro. Esto demuestra la totalidad de la dominación blanca, está tan arraigada que las mayorías hemos decidido identificarnos por diferenciación con ellos. Si te fijas bien, eso no tiene ni pies ni cabeza.

También me dices que este hombre blanco no existe en México. Esto no es cierto, existe, ¿que es una minoría? Sí, lo es. Pero como tú mismo lo dices, esa familia Smith, WASP, está al otro lado de la frontera. Y qué curioso que, luego de cinco siglos después de la llegada a América, no se haya dado un proceso de mestizaje. ¡Con tantos latinos, mexicanos y negros en el país! ¿Estás seguro de que el racista soy yo? ¿Que los racistas somos nosotros? La idea de dominación que puso a ese hombre blanco en el pedestal le ha convencido de que es especial, y como tal, es el que menos se mezcla. Es una cuestión de matemáticas, de estadística poblacional. Los marrones, *brown people*, somos más, al final vamos a terminar todos mezclados, de una forma ya lo estamos. La diferencia radica en que simplemente nosotros somos honestos y directos sobre nuestras ideas, sobre todo porque contribuyen al debate. No caigamos tampoco en la trampa de que el mestizaje es la panacea que solucionará todo problema. No. Lo que sí hará es llevarnos hacia sociedades más iguales y equitativas. Y tomar el camino correcto es siempre un buen inicio. Representamos el futuro, y el futuro no se puede parar.

JR: Diputado, usted ha hablado mucho de la opresión del hombre blanco, que si a ver vamos, es un hombre originario de Europa. Y para usar su terminología, hablamos entonces netamente de una dominación eurocéntrica. Pero usted me habla como si usted fuese 100 % indígena o 100 % negro, cosa que no lo es; algún rasgo europeo tiene, ¿no? Me cuesta entender tanto resentimiento por algo de lo que usted es parte. Porque no es indígena puro, ¿no? ¿Por qué quitarle relevancia a su ascendencia europea y exaltar solo el resto?

Diputado JV: Jorge, tus preguntas son largas y con un monólogo adentro cargado de ideología. Tienes que decirme por dónde quieres que empiece. Tu lenguaje es peligroso, cómo formulas las cosas, me preguntas si soy indio puro. No lo soy, es precisamente de la pureza que tenemos que deshacernos, de cualquier tipo. Latinoamérica es grande porque vivió un proceso de mestizaje del cual tú y yo fuimos parte. Y sí, tenemos todo, somos una mezcla de europeo con indio y negro. Nunca he negado esta mezcla, y tampoco la negaría. Lo contrario ¡es lo que estamos proponiendo! ¿Y quién dice que nosotros les queremos quitar importancia a nuestros ancestros europeos? Nada que ver. Son parte nuestra. Lejanos, pero de la familia. Te digo una cosa que me gusta de Europa que no se ve tanto al otro lado del río en Estados Unidos. Y es que en Europa no están con esa mala costumbre gringa de separar todas sus estadísticas por lo que ellos definen como razas y con sus eufemismos sin sentido, los *hispanics*, los afroamericanos, los indios americanos, etc. En Europa no están tan obsesionados con esa cuestión de cómo se define un blanco. Lo cual se relaciona íntimamente con el tema que tocábamos antes con el término *people of color*, eso de definirnos en base al otro. Hay en Europa una apertura más clara a las mezclas. Lo vemos en Francia, lo vemos en Inglaterra. ¿Que si hay fundamentalistas blancos europeístas? Sí, los hay, aunque cada vez son menos y hay «minorías», entre comillas, muy bien arraigadas. Podría afirmar sin miedo a equivocarme que, en Europa, más que todo en algunos países en particular, se está dando ese proceso de mestizaje. Quizás porque es menos provincial que los Estados Unidos, cuyas zonas no costeras, una gran sección del país, son tierra fértil para no aceptar al otro. Entonces, no, yo no niego mis ancestros europeos. Tampoco es que si me consigues por la calle vas a pensar que soy noruego, ¿no? Si acaso algo de español tendré. Y ya sabemos que esa parte también tiene bastante influencia árabe. En fin, no se trata de resaltar una ascendencia o una raza sobre otra. Nuestro racismo es positivo y se dirige hacia el mestizaje. Le estamos dando un nuevo significado a la palabra. Yo estoy convencido de que en la mezcla está la fuerza y que esto no hay quien lo pare. Simplemente, verbalizamos y promovemos que se haga más rápido, es un proceso que ya está en camino.

Dime si respondí tu pregunta. Lo que quiero enfatizar es que no estamos diciendo que el negro o el indio sean mejores que el blanco, o que hay que resaltar uno más que al otro. Al contrario, es el mestizaje lo que importa. Esa mezcla es más pura, en sentido figurado, que esa pureza inexistente de una raza en particular sobre la otra. Y de una vez te puedo decir que el término raza es bastante problemático. Pero mantengámoslo en su utilización tradicional para que podamos tener esta conversación.

JR: En su manifiesto hace referencia a un hombre pleno, en oposición a alguien que no lo es. ¿No le parece peligroso hablar en el siglo xxi de pureza cuando se trata de temas raciales?

Diputado JV: Lo acabo de decir, la pureza está en la mezcla. Entiendo claramente que allí hay una contradicción, pero ahí está lo bello, ¿no? A través de la historia, varios grupos privilegiados, predominantemente blancos, han intentado vender la idea de que existe una pureza de sangre, basada en la falta de mezclas. Esto resulta casi imposible, sobre todo en un mundo globalizado. En Latinoamérica llegó a surgir incluso el término «blanqueamiento», asociado a una medida de superación social. Y en la época colonial hasta se podía pagar para cambiar de casta. ¿Has visto alguna vez los productos de belleza que blanquean la piel? Existen, es todo un negocio en África y en India. ¡En África! Por Dios, en el continente donde la gente es negra, hay quien hace millones vendiendo productos para aclarar la piel. ¿Por qué? Porque al que sea claro se le trata mejor, con más deferencia, se equipara «ser claro», entre comillas, con prosperidad, con riqueza. ¡A qué niveles tan absurdos hemos llegado! Es una lucha por alcanzar una imposibilidad. En cambio, el mestizaje, la mezcla total de todas las razas es más que posible; significa además una redención, la emancipación de las cadenas de algo que nos han querido imponer. De una forma es una rebelión, una revolución, aunque no es una palabra que me guste utilizar en contextos políticos. Es también por supuesto una aspiración, un ideal, ¿y no es eso lo más puro que existe? Esa es la pureza que nosotros promovemos. En la mezcla está la pureza.

JR: ¿Y lo que usted propone no es tan absurdo como el blanqueamiento del que habla?

Diputado JV: Otra vez usas palabras acusatorias, Jorge. No. Si acaso estamos hablando de lo contrario, un anegramiento. La unión máxima de los hombres no es algo que puedas tildar de absurdo, Jorge. Anegramiento, estoy seguro de que no es un término que vaya a calar. La gente que teme esta unión total de razas es porque quiere mantener su estatus como hombre blanco, o lo más parecido que se le parezca. Estamos hablando de un proceso más que normal, es mestizaje.

JR: Me disculpo. En efecto, las palabras que usamos son importantes, diputado, ¿y por qué no hablar de mestizaje en vez de racismo?

Diputado JV: Para provocar. Si no, no estaríamos aquí en esta entrevista y a punto de convertirme en presidente.

JR: Propaganda, entonces.

Diputado JV: Para ejercer el poder y promover ideales justos primero hay que hacerse con ese poder a través de procesos políticos.

JR: ¿Se considera usted un cínico?

Diputado JV: No, pero soy muy práctico.

JR: Volviendo al tema que hemos estado tocando. Se han hecho muy populares últimamente las pruebas genéticas que aclaran los orígenes geográficos en el ADN de las personas. ¿Propondría que se use este tipo de pruebas para comprobar que las personas están mezcladas?

Para comprobar esa pureza a la inversa de la que usted habla, esa ciudadanía plena.

Diputado JV: No sé si se trata de un malentendido o de una tradicional exageración mediática, lo cual a veces nos favorece, pero también genera percepciones erradas. Aquí no vamos a estar midiendo nada con exámenes genéticos. No estamos en la Alemania de 1935. Tu pregunta es malintencionada, pero no te la critico, entiendo por qué la haces, así que te sigo el juego y te la respondo con la verdad. Nosotros estamos promoviendo un proceso orgánico, una simbiosis de colores, culturas y, eventualmente, religiones. No es necesario medir nada, porque lo nuestro es una aspiración a la que vamos a ir llegando poco a poco. No hay apuro, lo importante es el proceso. Y creo que tienes que dejar de usar ese término de «pureza a la inversa». Sabes que, como lo planteas, lo que buscas es un lenguaje combativo. Las palabras pesan, Jorge, como dijiste, por eso somos muy cuidadosos con nuestro lenguaje. Nuestro racismo positivo es un concepto más armónico. Quizás hasta más abstracto. Y es ineludible, de eso no me queda la menor duda.

JR: Es evidente que no vamos a poder salir de su guion. Cambiemos de tema radicalmente. ¿Es usted marxista?

Diputado JV: No es un guion, sigues con esa connotación negativa que tú le das para servir a tus intereses mediáticos. Lo que sí te digo es que es un mensaje claro y coherente. Algo que en algunas ocasiones falta, precisamente en estos días. ¿Que si soy marxista? Aquí vuelvo al tema de la manipulación de los mensajes. Aunque esta vez no te lo achaco a ti, sino a toda la campaña en contra de nuestro proyecto, a veces sucia. Marxista es un término bastante evidente. Y con claridad yo también te puedo decir que no somos marxistas, que no soy marxista. Existe por supuesto quien insiste en llamarnos así, o comunistas. Esta práctica, por supuesto, está más marcada en la ignorancia y la manipulación, más que todo de agentes de la derecha, con la intención de quitarnos votos de un lado importante de la población. Nuestro planteamiento no es un problema de clases, por ende, no es una lucha de clases lo que proponemos. Ya lo he dicho, es un problema de razas. ¿Que las dos cosas están relacionadas? Evidentemente sí, no es sorpresa para nadie, sobre todo en nuestros países, donde los blancos son las élites económicas. Y como he dicho tantas veces, no estamos proponiendo tampoco una lucha de razas. Lo contrario, la unión y mezcla de estas. ¿Que hay que tomar algunas medidas para igualar la posición de esas élites económicas? Por supuesto, y aquí nadie se opone al libre mercado, pero tiene que haber igualdad de condiciones, que los que han estado oprimidos puedan levantarse. Acción afirmativa, impuestos progresivos, beneficios sociales para grupos específicos. De eso es de lo que estamos hablando, no de la toma violenta de los medios de producción por la clase obrera. Claro que hay vínculos entre las dos cosas, claro que hay vínculos. Otro punto en común es que somos mayoría, y por eso las minorías en las élites, en los grupos de poder, nos tienen miedo. No es la primera vez que sucede, ni será la última.

JR: Diputado, todos estos comentarios en contra de «los blancos», como usted los llama casi despectivamente, me llevan a la siguiente pregunta, más personal quizás. Hablemos de su esposa, Mayra Arteaga, blanca y de ojos azueles. ¿Cómo reconcilia usted su vida privada con lo que predica en público?

Diputado JV: Pero precisamente la conjunción está allí. Estoy practicando lo que digo. Mis hijos son el futuro, esa mezcla de la que tanto hablo. Mayra es venezolana, además, no es europea, así que tampoco podemos hablar de que hay una pureza como a veces se plantea, ella es también producto de un mestizaje, ¿que salió más blanca y rubia? Bueno, sí. No es la primera vez que me lo critican, me han llegado a preguntar, a reprocharme, cómo es que no estoy casado con una mujer náhuatl. Y bueno, uno no es el que elige analizando todas las permutaciones lógicas y razonables, es el corazón quien lo hace. No doy por descontado que mi atracción en particular hacia cierto tipo de mujer (en lo físico, me refiero) tenga su origen en la misma influencia de Hollywood y la industria cultural dominada por el hombre blanco. Se ha insistido tanto en que el ideal de belleza es una mujer delgada, blanca, rubia, que no descarto que esto me haya afectado. Se lo he comentado a Mayra. Pero, nuevamente, esto no se opone a nuestra propuesta, sino que más bien la apoya. Lo importante, al mismo tiempo, es que ella me escogió a mí, ¿no?

6.

La campaña había sido brutal. Haber derrotado al otro precandidato demócrata en el distrito congresional número 7 de Nueva York resultaba ya un éxito inesperado. No fue una tarea fácil, el esfuerzo le sacó casi todas sus energías. El cansancio llegó a ser tal que un día sintió cómo descendió sobre su cuerpo una especie de agotamiento general. En vez de darse por vencido, decidió que ese era el momento de la verdad, el momento en el que hay que dar un poco más, solo un poco más que los demás, de lo que se espera. Transformó así ese peso en una energía revitalizadora que sería necesaria para enfrentarse a la elección final. Y así llegó el día D, las elecciones generales en las que se mediría para un puesto en la Cámara de los Representantes. En ese día de otoño se sintió extenuado una vez más, pero era un sentimiento mezclado con satisfacción y con la ansiedad de saber cuál sería el resultado.

El lugar donde instalaron el comando de campaña para la noche de la elección no lo había escogido él. Era el salón sin ventanas de un hotel sin mayor brillo que de seguro había tenido un mejor pasado. Mucho menos había decidido el sitio en el que él y sus consejeros verían los últimos anuncios de la elección y los resultados informales de las grandes cadenas de televisión: el bar deportivo del hotel, aún abierto al público, con una pequeña sección privada para ellos dividida por esas barreras con tiras de terciopelo. Una cinta que demarcaba el límite a los clientes regulares del bar, una medida más bien simbólica, ya que cualquiera podía traspasar la barrera, que además nadie se encargaba de vigilar. Claro que no todo candidato para la Cámara de Representantes tendría que preocuparse por problemas de seguridad: después de todo, entre más de trescientos postulados quizás solo unos veinte tenían un perfil nacional. Eran pocos los que pudiesen ser fácilmente reconocibles, incluso en sus distritos. Pero la campaña por el distrito 7 había dado mucho de qué hablar en todo el país. Se llevaba a cabo en el Brooklyn de Sunset Park, que contaba con electores con una fuerte presencia mexicana, centroamericana y china. Coexistiendo con la certeza de que, dentro de unos veinte años, el lugar estaría completamente gentrificado. Pero era todavía un vecindario en el que comunidades de primera generación de nuevos inmigrantes florecían, en el mismo sitio donde en el pasado otras primeras generaciones escandinavas ya lo habían hecho. No era de sorprender que los principales candidatos para cualquier puesto político fuesen latinos y que ganasen sin muchas complicaciones.

A pesar de la total normalidad dentro de O'Sullivans, el bar del hotel, en la parte de afuera se encontraba estacionada una Cadillac Escalade negra. Alrededor de la camioneta cuatro oficiales, tres vestidos de negro, del Servicio Secreto, y el otro con un traje mal ajustado de color marrón, un oficial del Departamento de Policía de Nueva York, la NYPD. Este era un servicio usualmente ofrecido solo a representantes ya electos y en funciones, definitivamente no para un candidato que hace meses atrás nadie conocía. Pero la campaña de Ritchie Vargas había tomado prominencia nacional, e incluso internacional, desde el primer debate de precandidatos demócratas. En este, al precandidato Ritchie Vargas le dio por hablar de las ideas de su viejo amigo de la universidad, y recién electo presidente de los Estados Unidos de México, Joaquín Vélez, que aún estaba por asumir sus funciones. Cuando el moderador del evento lo presionó para que aclarara exactamente qué planteaba, Ritchie Vargas respondió espontáneamente: «¿Qué quieres que te diga, que no estoy de acuerdo y que rechazo a alguien que plantea que ha existido en la sociedad una explotación de las minorías por parte del hombre blanco? Pues eso no lo puedo decir. ¿Significa esto que podemos hablar de un racismo positivo en los Estados Unidos? Te digo que qué mejor sitio para promoverlo que en la tierra del *melting pot*. Entonces sí, hay positivistas en estos momentos en los Estados Unidos. No puedo afirmar que me lo he planteado formalmente; no descarto tampoco, en lo absoluto, unirme o alinearme con organizaciones cívicas que están promoviendo este movimiento». El presentador parecía sorprendido y tajantemente le dijo que tales posiciones eran inaceptables para un candidato del *mainstream* estadounidense. «¿Y quién eres tú para juzgar y caracterizar el sufrimiento y la opresión de las minorías, que por tu privilegio no puedes haber experimentado? Tu ignorancia es lo que es inaceptable. Promover que haya una mezcla más equitativa en la sociedad que nos lleve a entendernos mejor y a que haya mayor equidad e igualdad es justicia y progreso. Justicia y progreso es lo que yo propongo, sobre eso no hay ni medias tintas ni ambigüedades posibles».

Sin proponérselo, como le había sucedido a su amigo mexicano, Ritchie Vargas se convirtió de la noche a la mañana en uno de esos candidatos en los extremos a los que muchos odian. Este aborrecimiento genera una mala publicidad que hace que surjan simpatías del otro lado y que los hace crecer rápidamente en popularidad. Ritchie Vargas había nacido en el Bronx, de padre puertorriqueño y madre afroamericana con ascendencia haitiana. «Soy Caribe —bromeaba recientemente en un evento de campaña, para luego agregar seriamente—: «vale acotar que el Caribe, lamentablemente, es producto de la colonización europea. Soy blanco por los españoles que se instalaron por más de cuatrocientos años en América Latina y el Caribe, soy árabe por los moros que se apropiaron de la península ibérica por otros cuatro siglos, soy negro porque los europeos los importaron desde Benín y África Occidental con el objetivo de trabajar en condiciones que no querían para ellos mismos. Soy una mezcla, soy americano, soy el futuro. Somos el país más diverso del mundo, Estados Unidos es el futuro. Pero en el presente somos ignorados. Esto lo haremos cambiar».

Cuando tenía tres o cuatro años, su padre salió a un viaje de trabajo, o así le habían explicado siendo más grande, del que nunca regresó. Su madre luego se encargó de nunca mencionar al señor. Al año de vivir solo con ella, junto a otros dos hermanos, se mudaron a Sunset Park, donde la renta resultaba más barata. Allí su madre consiguió un apartamento más grande que podía compartir con una prima, que tenía otros tres pequeños de cuyo padre tampoco se hablaba. De hecho, se trataba de más de un padre, porque uno de los niños era medio hermano de los otros dos, pero nadie sabía precisar quiénes eran hermanos completos. Ni ellos mismos lo sabían, y la madre de Ritchie hasta alguna vez bromeó que a lo mejor ni su prima lo sabía con certeza. Y luego de soltar el comentario se puso seria y le dijo que estaba bromeando y que jamás se le ocurriera repetir lo que acababa de escuchar. En Sunset Park, Ritchie acudió a la Escuela Pública número noventa y cuatro, la PS 94, en la que sorpresivamente sobresalió en sus estudios, particularmente en Historia Americana y Matemáticas. Al llegar al liceo, específicamente al décimo grado del *high school*, su rendimiento bajó. Desde que cambió de clase en el noveno grado, a un nuevo grupo, tuvo problemas para integrase y sus compañeros terminaron llamándolo «En-en-em», una burla que sonaba a Eminem y que en realidad quería decir NNM. Más de una vez le hicieron saber si significado:

Negro, Nerd y Marico. Terminó cayendo en una depresión que su mamá no supo, o no quiso, entender. Ritchie trató de luchar contra sus sentimientos, aunque en su mente llevaba marcada aquella revista *Elle* de su hermana, en donde un anuncio de Jean Paul Gaultier mostraba a un fuerte y musculoso marino vistiendo solo un Speedo azul y que lo miraba directamente a los ojos, cautivándolo. Lo veía tanto que casi podía recordar con los ojos cerrados cada curva de los músculos del marinero. No quiso hablar con su madre al respecto, pero ya entrado en la adolescencia, y en medio de la depresión, ella le había insistido en que se mudara a un pequeño cuarto en el fondo de la casa, casi como una especie de anexo. Le advirtió además de que no quería sorpresas en su hogar y que no estuviera trayendo a nadie a pasar la noche. Tras altas y bajas, ya en el último año de bachillerato, logró aceptarse a sí mismo y sus preferencias, lo cual en un principio no compartió públicamente. Le sirvió para subir el ánimo y mejorar las notas. Tanto que, aunque no se graduó con honores ni fue el *valedictorian*, fue escogido entre un grupo de cuatro alumnos más que hablaron durante la ceremonia de graduación. Tras terminar la secundaria, se postuló y obtuvo una beca completa en el Hunter College de la Universidad Municipal de Nueva York, la

CUNY. Sus notas no eran tan buenas como para entrar por méritos académicos, pero no tuvo ganas de interesarse por averiguar los motivos de la beca, convencido de que se trataba de alguna especie de acción afirmativa que él no había solicitado. Se inscribió en el programa de Ciencias Políticas y Literatura Inglesa, que completó en los cuatro años previstos. Su primer año resultó muy solitario y estaba al tanto de que se encontraba retraído, ensimismado. Durante su segundo año se propuso que, activamente, trataría de ser más abierto con sus compañeros. Se registró así en varios grupos estudiantiles, unos más políticos que otros. Se sorprendió a sí mismo, era bueno con la gente, afable, amable y siempre con ganas de hablar y, sobre todo, de escuchar a los demás. Ya en su tercer año terminó lanzándose como presidente del centro de estudiantes de Ciencias Políticas, y en su último año ganó las elecciones para representar a los estudiantes ante la facultad de Ciencias Económicas y Políticas. Por aquella época decidió también registrarse en el Partido Demócrata, que le bastaba simplemente por el hecho de no ser del Partido Republicano, a cuyos partidarios consideraba retrógrados ultraconservadores. No sabiendo qué hacer después de graduarse, antes de terminar los estudios, se postuló para hacer una maestría. Deseaba conocer los

Estados Unidos más allá de Nueva York, que consideraba un micromundo demasiado diverso que no representaba lo que verdaderamente era el país. Tenía ganas de ir al Medio Oeste, o a la costa oeste o al estado de Washington, a cualquier sitio que fuese radicalmente diferente. Pero sabiendo que era una persona más urbana que rural, quería poder estar en un campus que al menos estuviese cerca de una ciudad grande o mediana. Optó por registrarse en una Maestría en Políticas Públicas en la Universidad Carnegie Mellon, en la ciudad de Pittsburgh, el «París de Pennsylvania del Oeste». Le dieron una beca completa, esta vez por méritos académicos y por la fuerza de sus convicciones plasmadas en los tres ensayos que entregó y las recomendaciones convencidas de tres referís que lo ayudaron con su aplicación. Su segundo año en la maestría coincidió con una de las campañas más fascinantes de la historia americana, en la que los principales candidatos del Partido Demócrata en las presidenciales del año entrante serían, por primera vez, una mujer y un hombre negro. No podía sino sentirse energizado por el progreso a su alrededor. Además, se sintió a gusto de haber escogido estudiar en el estado de Pennsylvania, uno de esos *swing states*, los estados que se cambian en cada elección entre apoyar a los demócratas o a los republicanos, lo que los hace determinantes para las elecciones a nivel nacional. Definitivamente, su voto y trabajo valdrían más en Pennsylvania que en su nativa Nueva York, tradicionalmente azul, demócrata y, por lo tanto, con campañas menos intensas. Queriendo ser él también protagonista de los cambios que se sentían en el ambiente, se registró como voluntario en la campaña de Hillary Clinton. No duró mucho en ella, pues asistió a un *rally* realizado por el otro candidato que ahora subía en las encuestas, Barack Obama. El evento se hizo en un anfiteatro de la Universidad de Pittsburgh y en el aire se respiraba diversidad. Con el perfil creciente del candidato se notaba incluso la presencia del Servicio Secreto, que le daba ya un trato casi presidencial. No le quedaron dudas de que se trataba del próximo presidente de los Estados Unidos. Al día siguiente se unió a la campaña del «*Hope we can believe in*», del «*Yes, we can*».

Su participación en estas campañas no pasó desapercibida, lo impulsaron en una carrera meteórica que lo llevo primero al Senado estadounidense, como asistente de diversidad del senador Tim Kaine, y luego de regreso a Nueva York, como representante legislativo estatal, en representación del Condado de Kings, es decir, de Brooklyn. Tras diez años allí, se encontraba ahora a punto de vencer su primera elección para ser candidato a la Cámara de Representantes de los Estados Unidos. Su origen ordinario, su diversidad y su estilo franco con respecto a asuntos morales y a la política de identidad lo catapultaron a un protagonismo a nivel nacional que le dio poder y peso en el partido. Tanto así que, si bien venía de un distrito relativamente pequeño, algunos grupos le insistieron para que se lanzara al Senado una vez que se retirara el veterano congresista Schumer, o incluso antes. Con su creciente protagonismo salía en los medios de comunicación casi de manera diaria. Con un perfil nacional en ascenso, a más de uno ofendió cuando afirmó que nada le daría más gusto que, en un estado como Nueva York, poder cambiar el liderazgo blanco tradicional por uno de color, gay y latino. Los líderes del partido no tardaron en comenzar a quitarle el apoyo que tan rápido ellos mismos le habían otorgado. Después de obtener la victoria en la elección primaria demócrata como candidato a representante, lo expulsaron del partido. Querían evitar a toda costa presentar a alguien percibido como radical. Sobre todo, cuando el país se debatía en una crisis de identidad con la amenaza latente de candidatos del Caucus de la Libertad, quienes promovían un regreso a los orígenes de los valores americanos, lo que sea que eso significara.

Ritchie no claudicó. La amenaza conservadora representaba para él la continuidad del dominio de las élites tradicionales, en lo que veía un verdadero peligro. Decidió patear la mesa.

A los pocos días, registró su candidatura a la Cámara de Representantes, no como independiente, algo se venía especulando, sino fundando lo que él mismo definió como la síntesis en respuesta a la tesis y antítesis de demócratas y republicanos: el Partido Racista Americano.

Índice